회귀자와 함께
살아가는 법

회귀자와 함께 살아가는 법 1ㅁ

재미두스푼 현대 판타지 소설

초판 1쇄 찍은 날 § 2022년 10월 5일
초판 1쇄 펴낸 날 § 2022년 10월 12일

지은이 § 재미두스푼
펴낸이 § 서경석

총괄팀장 § 황창선
편집책임 § 이준영
디자인 § 스튜디오 이너스

펴낸곳 § 도서출판 청어람
등록번호 § 제387-1999-000006호
등록일자 § 1999. 5. 31
어람번호 § 제1-3195호

본사 § 경기도 부천시 부일로 483번길 40 서경B/D 3F (우) 14640
편집부 § 서울시 구로구 디지털로 272 한신IT타워 404호 (우) 08389
전화 § 02-6956-0531 팩스 § 02-6956-0532
http://www.chungeoram.com
E-mail § chungeorambook@daum.net

ISBN 979-11-04-92460-6 04810
ISBN 979-11-04-92411-8 (세트)

10

회귀자와 함께
살아가는 법

재미두스푼
현대 판타지 소설

MODERN FANTASTIC STORY

회귀자와 함께
살아가는 법

목차

Chapter. 1

'나 아직 대학생이거든.'

내가 억울한 표정을 지은 채 입을 뗐다.

"그런데 갑자기 무슨 일로 만나자고 한 거야?"

"축하주 사려고요."

"축하주? 너 아직 미성년자거든."

내가 황당한 표정을 지은 채 지적했지만, 조보안은 당당하게 대꾸했다.

"탄산음료가 저한텐 술이거든요."

"……?"

"아빠가 집에서 가끔씩 술 드실 때 저는 옆에서 같이 콜라

마시거든요. 음, 안주로는 햄버거 어때요?"

"좋지."

"그동안 아저씨한테 햄버거 많이 얻어먹었으니까 오늘은 제가 햄버거 살게요."

"네가 햄버거 산다고?"

"네. 오늘 큰맘 먹고 찾아왔으니까 드시고 싶은 만큼 드세요."

"됐다. 네가 벌면 얼마나 번다……."

내가 픽 웃으며 말하던 도중에 입을 다물었다.

조보안이 만들어 내는 매출이 중견 기업 못지않다는 사실을 뒤늦게 떠올려서였다.

"그럼 보안이에게 햄버거 한번 얻어먹어 볼까?"

"얼마든지요."

"제일 비싼 걸로 먹어야겠다."

햄버거 세트 두 개를 구입해서 탁자를 사이에 두고 마주 앉았다.

슈퍼스타 조보안이 방문했다는 소문이 나서일까.

햄버거 매장 앞에는 사람들이 바글바글 몰려들어 있었다.

그렇지만 이런 상황이 익숙한 듯 조보안은 전혀 신경 쓰지 않는 기색이었다.

"스타가 된 기분이 어때?"

내가 묻자, 조보안이 수줍게 웃으며 대답했다.

"음, 허공에 붕 떠 있는 느낌이에요."

"좋다는 뜻이지?"

"좋긴 한데… 부담도 돼요."

"인기는 콜라 거품 같은 거야."

"콜라 거품요?"

"금방 사라지는 거니까 즐길 수 있을 때 최대한 즐겨. 부담 갖는 건 나중으로 미루고."

"그래도… 될까요?"

"안 될 건 또 뭐야."

"하지만……."

"넌 지금보다 훨씬 더 큰 스타가 될 거야. 벌써 부담을 가지기 시작하면 나중에 더 힘들어져. 그러니까 부담은 어른들에게 맡기고, 넌 이 순간들을 그냥 즐겨. 그래도 돼."

내 조언을 들은 조보안의 표정이 밝아졌다.

"좋다."

"뭐가?"

"수많은 사람들이 널 지켜보고 있으니까 항상 몸가짐 조심해라. 항상 겸손해라. 지금에 안주하지 말고 더 노력해야 한다. 이렇게 부담 팍팍 되는 잔소리를 하는 사람들밖에 주변에 없었거든요. 그런데… 아저씨는 역시 다르네요. 그래서 아저씨를 만나니까 좋다고요."

"보안아."

"네."

"겸손할 필요 없어. 넌 이미 충분히 대단하니까 잘난 척 좀 해도 돼."

"그러다가 미운털 박히면요?"

"미운털 박히면 다시 빼면 되지."

"헐!"

"그리고 노력하지 말고 즐겨. 노력하는 사람은 절대 즐기는 사람을 이길 수 없으니까."

"헤헤, 네."

cm엔터테인먼트 김천만 대표는 분명 능력 있는 인물이다.

그렇지만 약점도 뚜렷한 편이다.

회사의 몸집을 불리는 데 집중하다 보니, 소속 아티스트들에게 세세하게 신경 써 주지 못했다.

조보안은 아직 사춘기를 겪는 소녀였다.

더 세심하게 신경을 써 줘야 하는데, 그는 그렇게 하지 못했다.

그래서 내가 김천만 대표 대신 조보안에게 지금의 상황을 즐기라고 충고해 준 것이었다.

"요즘은 어떻게 지내고 있어?"

"음, 공부해요."

"공부?"

내가 의외라는 시선을 던지자, 조보안이 발끈했다.

"어, 아저씨 반응이 왜 그래요? 방금 저랑 공부가 안 어울린다고 생각하신 거죠?"

"응."

"뭐야? 저도 공부 좀 하거든요."

"아닌 것 같은데."

"아저씨가 내가 공부 못하는 걸 어떻게 알아요?"

"성적표 봤거든."

내가 성적표를 봤다고 대답하자, 조금 전까지 당당하던 조보안의 태도가 돌변했다.

"…언제요?"

"전에 아버님이 보여 주셨어."

"정말… 이요?"

"응. 나한테 성적표 보여 주시면서 우리 보안이는 공부를 못하니까 가수로 성공하는 길밖에 없다. 그러니까 꼭 가수로 성공하게 만들어 줘야 한다고 신신당부하셨어."

형편없는 성적을 들킨 게 부끄러워서일까.

뺨을 붉히고 있는 조보아에게 내가 물었다.

"일본어 공부는 열심히 하고 있어?"

그 질문을 들은 조보안이 깜짝 놀란 표정을 지은 채 물었다.

"난 그냥 공부한다고만 말했었는데… 아저씨는 내가 일본어 공부를 했던 걸 어떻게 알았어요?"

'당연히 알지!'

머잖아 일본에 진출하는 조보안은 일본인과 비교해도 손색이 없을 정도로 일본어를 능숙하게 구사했다.

일찌감치 그녀의 일본 진출을 계획했던 김천만 대표가 철저하게 준비를 시킨 덕분이었다.

"보안이에게 관심 많다니까. 일본어 공부를 한다는 걸 알고 있다는 것이 아저씨가 보안이에게 관심을 많이 갖고 있다는……."

그래서 웃으며 대답하던 도중 내가 입을 다물었다.

아까 조보안의 대답.

'일본어 공부를 열심히 하고 있다는 것을 어떻게 알았느냐'가 아니라, '일본어 공부를 열심히 했었다는 것을 어떻게 알았느냐'였다는 사실을 뒤늦게 알아챘기 때문이었다.

"보안아!"

"왜요?"

"그럼 지금은 일본어 공부를 그만둔 거야?"

"네."

"그만둔 이유가 뭐야?"

"대표님이 더 공부할 필요가 없다고 했어요."

조보안의 대답을 들은 난 당혹스러움을 느꼈다.

내 기억과는 다른 방향으로 상황이 흘러가고 있었기 때문이었다.

'알아봐야 해!'

그리고 기억과는 다른 방향으로 상황이 흘러가는 이유를 알아내기로 결심하자 내 마음은 조급해졌다.

＊　　　　＊　　　　＊

"서 이사, 오랜만일세."

예전과는 달랐다.

이제는 한배를 타고 있다고 생각해서일까.

김천만 대표는 내게 경계의 시선을 던지는 대신 호의가 담긴 시선을 던졌다.

"잘 지내셨습니까?"

"그럭저럭 지내고 있네."

간단한 인사를 나누던 김천만 대표는 날 신기하게 바라보았다.

"왜 그렇게 보십니까?"

그 시선을 느낀 내가 묻자, 김천만 대표가 대답했다.

"좀, 아니, 많이 놀랐네. 서 이사가 펜싱 국가 대표로 방콕 아시안 게임에 출전할 거라고는 꿈에도 예상치 못했거든."

김천만 대표는 내가 펜싱 국가 대표로 방콕 아시안 게임에 출전해서 메달을 딴 것에 관심을 드러냈다.

"원래 펜싱을 좋아하고 잘했습니다. 게다가 좋은 스승님을 만난 덕분에 소기의 성과를 거둘 수 있었습니다."

그에 관해서 길게 설명하고 싶지 않았기에 대충 둘러대자 김천만 대표가 눈치 빠르게 화제를 전환했다.

"이창성을 발굴한 것도 놀라웠어."

"제가 발굴한 게 아닙니다."

"응?"

"박준용 씨가 이창성의 가능성을 높이 평가했죠."

"아니던데?"

"네?"

"얼마 전에 준용이를 만난 적이 있어. 그때 이창성에 대해서 이야기를 나눈 적이 있는데… 서 이사가 추천했다고 하더라고."

'이미 따로 만나서 알아봤구나.'

박준용과 김천만 대표가 따로 만난 적이 있다는 사실을 알고 난 후 내가 대답을 바꾸었다.

"사석에서 이창성이 노래하는 것을 들었던 적이 있습니다. 그때 노래를 워낙 잘했었기 때문에 박준용 씨에게 추천한 적이 있긴 합니다."

"확실히 안목이 남달라!"

김천만 대표가 새삼스러운 시선을 던지는 것을 확인한 내가 말했다.

"제 안목이 대단히 뛰어난 게 아닙니다. 다만… 김 대표님보다 제가 좀 더 먼저 이창성을 만난 것뿐이죠."

"무슨 뜻인가?"

"김 대표님이 저보다 먼저 이창성을 만나서 노래하는 것을 들어 보았다면 cm엔터테인먼트로 영입하셨을 거란 뜻입니다."

내가 대답했지만, 김천만 대표는 고개를 흔들었다.

"아니. 설령 내가 서 이사보다 먼저 이창성을 만났다고 하더라도 그를 cm엔터테인먼트로 영입하지 않았을 걸세."

"왜입니까?"

"기준이 다르거든."

"……?"

"난 이창성의 상품성이 낮다고 판단했네."

김천만 대표의 말대로였다.

아티스트 영입을 판단하는 기준은 각자 다른 법.

그의 입장에서 이창성은 상품성이 낮은 매력 없는 가수였을 수도 있었다.

그리고 김천만이 이창성의 상품성을 낮게 평가하는 이유는 외모 경쟁력이 없다고 판단해서였다.

'이 부분만큼은… 한결같은 사람이니까.'

내 기억 속 cm엔터테인먼트 소속 가수들의 공통점은 남녀를 불문하고 외모가 출중했다는 것이었다.

외모 경쟁력을 중요하게 여기는 김천만 대표가 cm엔터테인먼트의 수장이기 때문이었고, 그것을 탓할 계제는 아니었다.

내 기억 속 cm엔터테인먼트는 오랫동안 승승장구했으니까.

'가만, 이 시기에 얼굴 없는 가수들이 득세하지 않았었나?'

김천만 대표와 대화를 나누던 도중 퍼뜩 든 생각이었다.

그렇지만 난 이내 고개를 흔들어 상념을 떨쳐 냈다.

김천만 대표를 상대로 확인해야 할 더 시급한 사안이 있어서였다.

"얼마 전에 보안이를 만났습니다."

내가 조보안을 언급하자, 김천만 대표의 입가로 희미한 미소가 번졌다.

'아빠 미소네.'

지금껏 본 적 없는 푸근한 미소.

'보안이를 많이 아끼네.'

그 아빠 미소를 통해서 김천만 대표가 조보안을 많이 아낀다는 사실을 어렴풋이 짐작할 수 있었을 때였다.

"아주 잘 컸지."

김천만 대표가 조보안을 칭찬한 후 물었다.

"보안이와 무슨 대화를 나눴나?"

"오랜만에 만난 거라 이런저런 근황에 대해서 이야기했습니다. 그런데 보안이가 일본어 공부를 하다가 중단했다는 이야기를 했습니다."

"맞네."

"대표님이 중단시킨 겁니까?"

"그것도 맞네."

"일본어 공부를 중단시킨 이유를 알 수 있을까요?"

"이유는 간단해. 쓸모없는 공부를 하는 게 아까운 시간을 낭비하는 것이라고 판단했기 때문이네."

김천만 대표는 조보안이 일본어 공부를 하는 것이 쓸모없는 시간 낭비라고 판단했기 때문에 중단시켰다고 대답했다.

그렇지만 내 생각은 달랐다.

조보안이 장차 일본에서 엄청난 인기를 누리는 대스타가 된다는 사실을 이미 알고 있기 때문이었다.

그때 김천만 대표가 말했다.

"사실 난 보안이가 일본에서도 충분히 통할 거라고 판단했어. 그래서 일본 진출을 대비해서 미리 일본어 공부를 시켰던 것이고, 실제로 일본 진출을 위해서 일본 음반 업계 업체와도 컨택을 했었어."

"어느 업체와 컨택하셨던 겁니까?"

"미라이 레코드와 접촉했네."

미라이 레코드는 일본 음반 업계에서 세 손가락 안에 드는 메이저 업체.

"접촉한 결과는요?"

"굉장히 호의적이었어. 또 적극적이기도 했고. 그래서 확신을 갖고 보안이의 일본 진출을 준비했었지. 그런데… 미라이 레코드 측에서 마지막에 말을 바꿨어."

"말을 바꿨다는 게 무슨 뜻입니까?"

"음, 안면몰수 했다고 표현하면 적당할까? 미라이 레코드 측에서 갑자기 없던 일로 하자고 먼저 연락이 왔어."

"이유는요?"

"보안이가 일본에 진출해서 성공할 가능성이 낮다. 이렇게 판단했다고 하는데… 진짜 이유는 따로 있는지도 모르지."

김천만 대표가 차를 한 모금 마신 후 덧붙였다.

"미라이 레코드 측과의 협상이 틀어진 후에 다른 음반 업체들에게 연락했어. 미라이 레코드 측이 가장 적극적이었긴 했지만, 다른 일본의 음반 업체들도 보안이에게 관심을 많이 갖고 있었거든. 그런데 협상이 전혀 진전이 안 됐어. 마치 서로 약속이라도 한 것처럼 보안이에게 관심이 없다고 말을 싹 바꾸더라고. 더 이상 방법이 없어서 보안이의 일본 진출을 포기했던 거야."

'김천만 대표를 탓할 계제가 아니었구나!'

전후 사정을 모두 알게 된 내가 짤막한 한숨을 내쉬었다.

'미라이 레코드와 손을 잡고 일본으로 진출해서 커다란 성공을 거뒀었어.'

내 기억 속 조보안의 성공 스토리였다.

그런데 내 기억과 현재 상황이 또 달라지고 있었다.

'이토 겐지!'

그 이유에 대해서 고민하던 내가 퍼뜩 떠올린 것은… 또 다른 변종 회귀자인 이토 겐지의 얼굴이었다.

*　　　　*　　　　*

서주연이 어학연수를 떠나기 전날.

우리 가족은 본가에 함께 모여 식사를 했다.

어학연수를 앞두고 설렘과 기대로 인해 잔뜩 표정이 상기되어 있는 누나에게 엄마가 어김없이 잔소리 신공을 시전했다.

"가서 공부 열심히 해."

"알았다니까."

"말로만 그렇게 알았다고 하지 말고. 진우가 금메달 따서 받는 연금으로 보내 주는 어학연수니까 농땡이 부리지 말고 진짜 열심히 공부해야 해."

"네. 명심, 또 명심하겠습니다."

"농담 아니······."

엄마의 잔소리 신공이 더 이어지는 것을 막기 위해서 누나는 내게 고개를 돌렸다.

"서진우!"

"왜?"

"이번 일은 죽을 때까지 안 잊을게."

평소 누나의 성격을 감안했을 때 이 정도면 진심을 담아 감사 인사를 한 편이었다.

그런 누나에게 내가 당부했다.

"엄마 말대로 공부 열심히 해. 그리고 공부는 가급적 스타박스에서 해."

"그런데 넌 왜 자꾸 스타박스 타령이야?"

"거기 커피가 진짜 맛있거든."

"흥, 커피 맛이 다 거기서 거기······."

"그리고 누나가 거기서 해야 할 일도 있고."

"내가 스타박스에서 해야 할 일이 있다고?"

"응."

"뭔데?"

"스타박스 1호점에 하루도 빼놓지 않고 들러서 같은 자리에서 커피를 마시는 남자가 있을 거야. 그 남자와 친해져."

내 이야기를 듣던 누나가 두 눈을 빛내며 질문했다.

"잘생겼어?"

"아마… 그럴걸."

"그럼 내가 해야 할 일은 그 잘생긴 남자를 유혹하는 거야? 그러니까… 일종의 미녀 스파이 임무?"

'영화를 너무 많이 봤네.'

두 눈을 반짝반짝 빛내며 질문하는 누나를 보던 내가 한숨을 내쉰 후 말했다.

"두 가지가 틀렸어."

"뭐가 틀린 거야?"

"일단 미녀 스파이가 아냐."

"나 정도면… 미녀 아냐?"

"……."

"오케이, 일단 이건 넘어가고. 또 뭐가 틀렸어?"

"스타박스 1호점에 하루도 빼놓지 않고 들러서 같은 자리에서 커피를 마시는 남자를 유혹하라는 게 아냐."

"그럼 뭘 해?"

"그냥 친해져."

"그게 그거 아냐?"

"응?"

"친해지라는 것과 유혹하라는 것, 같은 것 아니냐고?"

여전히 미녀 스파이 임무에 대한 미련을 버리지 못하는 누나에게 내가 알려 주었다.

"아마 환갑이 넘었을걸."

"진짜? 그럼 유혹하는 것은 패스해야겠네."

'어차피 누나가 아무리 유혹해도 안 넘어갈 거거든.'

내가 속으로 말했을 때 누나가 다시 물었다.

"그런데 왜 그 할아버지랑 친해지라는 거야?"

"누나에게 도움이 될 것 같아서."

"왜 도움이 된다는 거야?"

"커피에 대한 지식이 무척 풍부하거든."

"……?"

"누나 꿈이 카페를 운영하는 거라면서? 그분에게 커피에 대한 지식을 듣고 배워 두면 훗날 카페 운영을 하는 데 있어서 큰 도움이 될 거야."

스타박스 1호점에 하루도 빼놓지 않고 들러서 같은 자리에서 커피를 마시는 남자의 이름은 하워드 슐츠.

바로 스타박스 창업자였다.

그렇지만 난 그의 정체까지는 누나에게 알려 주지 않았다.

만약 누나가 그의 정체에 대해서 알게 된다면 어떤 의도나 목적을 가지고 접근하게 될 터.

그럼 하워드 슐츠가 누나를 경계할 것이 자명했기 때문이었다.

"내가 친화력이 타고난 편이긴 한데… 이건 좀 어렵네. 말도 안 통하는 백인 할아버지와는 대체 어떻게 친해져야 하지? 생각해 보니 좀 막막하네."

잠시 후 누나가 답답한 표정을 지은 채 말했다.

"방법은 내가 알려 줄게."

"어떤 방법인데?"

"그냥 막 들이대."

"미모를 무기 삼아서?"

"미모 말고 열정을 무기로 삼아."

"……?"

"그분에게 누나의 열정을 보여 줘."

잠시 후 내가 덧붙인 당부를 들은 누나가 의아한 시선을 던졌다.

"열정? 무슨 열정?"

"커피, 그리고 카페 창업에 대한 열정을 보여 주란 뜻이야. 그 열정을 보여 주면 그분이 누나에게 어떤 도움을 줄 거야."

하워드 쉴츠가 스타벅스를 창업한 계기.

커피에 대한 각별한 애정이었다.

좋은 커피를 더 많은 사람들에게 마시게 하고 싶다는 욕심이 그가 스타벅스를 창업한 계기이자 이유였다.

그러니 그에게 사업가 마인드를 갖고 접근하는 것.

오히려 역효과를 불러일으킬 확률이 높았다.

차라리 커피에 대한 순수한 열정을 드러내고, 한국에서 카페를 창업할 거란 포부를 뒤늦게 밝히는 편이 그의 마음을 열기에 더 좋은 방법이었다.

"알았어. 카페 운영이 내 꿈이란 말, 빈말이 아니었거든."

누나가 의욕을 드러낸 순간, 엄마가 정성껏 만든 갈비찜이 담긴 그릇을 누나의 앞으로 갖다 놓았다.

"얼른 많이 먹어. 잡채도 좀 먹고."

갈비찜 그릇에 이어 잡채가 담긴 그릇도 앞에 갖다 놓는 엄마를 향해 누나가 의외란 시선을 던졌다.

"와, 이런 모습 낯설다."

"뭐가 낯설다는 거야?"

"엄마가 날 챙겨 주는 모습 말이야."

"……?"

"항상 진우만 챙겼잖아."

'누나 입장에서는 서운했을 수도 있겠네.'

내가 속으로 생각했을 때, 엄마가 누나의 손을 잡으며 말했다.

"열 손가락 깨물어 안 아픈 손가락 없는 법이야. 진우도, 너도 다 내가 배 아파 낳은 자식들이야."

"그 말은… 나도 많이 사랑한다는 뜻이지?"

"당연하지."

"히잉!"

"가서 항상 몸조심해. 아는 사람 하나 없는 곳에서 얼마나 외롭고 힘들까?"

"응, 엄마. 진짜 조심할게."

"그래."

엄마와 누나가 부둥켜안고 울기 시작했다.

"큼, 크흠."

애틋하기 짝이 없는 모녀의 모습을 바라보던 아버지가 헛기침을 하며 안주머니에서 봉투를 꺼냈다.

"이거 받아라."

봉투에서 돈 냄새를 맡기라도 한 걸까.

아버지의 손에 들려 있는 봉투를 발견한 누나가 코를 벌름거리며 물었다.

"이게 뭐야?"

"용돈 좀 넣었다."

"용돈?"

"그래. 가서 아르바이트 같은 것 하지 말고 공부 열심히 해."

아버지에게서 봉투를 건네받아 용돈의 액수를 확인하던 누나의 두 눈이 커졌다.

"뭐가… 이렇게 많아?"

"네 아빠, 출판사 대표야. 이 정도 줄 능력은 있어."

"고마워, 아빠. 진짜 아껴 쓸게."

"아껴 쓰지 말고 쓸 때는 써. 모자라면 또 보내 줄 테니까."

'좋네!'

지난 생의 우리 집에서는 찾아볼 수 없었던 훈훈한 광경.

그 훈훈한 광경이 무척 마음에 들어서 난 환한 웃음을 머금었다.

*　　　　*　　　　*

누나와 엄마는 혹시 짐을 챙기다가 빠뜨린 게 없는가 확인하기 위해서 함께 방으로 들어갔다.

둘만 남겨진 순간, 아버지가 소주병을 들었다.

"진우야, 한 잔 받아라."

"네, 아버지."

"고맙다."

"뭐가요?"

"원래는 내가 신경 썼어야 할 일인데. 네가 나 대신 신경 써 주었으니까."

아버지가 누나의 어학연수에 대해서 말씀하시는 것임을 알게 된 내가 대답했다.

"아버지는 출판사 대표직을 맡고 계셔서 바쁘시잖아요."

"나보다 몇 배는 더 바쁘게 살고 있는 녀석이."

어이없단 표정을 짓던 아버지가 소주를 마신 후 물었다.

"결국… 진우, 네 말대로 됐더구나."

"네?"

"'포로로 월드' 말이다. 교육 방송에서 편성을 받아 방영을 시작했으니까."

배석두 대표가 구속되고 난 후, 교육 방송에는 새로운 대표 이사가 취임했다.

이미 한 차례 실패를 경험했기 때문일까.

새로운 교육 방송 대표로 선임된 이규형은 정치인 출신이 아니라 학자 출신이었다.

연신대학교 명예 교수인 이규형은 원칙주의자.

그는 교육 방송 대표로 취임하자마자, 조직부터 개편했다.

그 과정에서 배석두 라인이었던 인물들은 모두 축출됐다.

그리고 새로이 편성국장으로 승진한 양해걸 피디는 '마법사 도레미'의 편성을 취소하고 '포로로 월드' 편성을 결정한 것이었다.

"잘됐네요."

내가 잘됐다고 말하자, 아버지가 고개를 끄덕였다.

"아주 잘된 일이지. 덕분에 다음 분기에는 출판사가 흑자로 돌아설 수 있을 것 같다. '포로로 월드'의 시청률과 화제성이 높은 덕분에 책 판매량도 심상치 않게 늘어나고 있거든."

아버지의 가장 큰 고민은 창업 이후 계속 적자를 기록하고 있었던 출판사의 매출 부진.

그런데 '포로로 월드'의 성공으로 인해 적자에서 흑자로 돌아가며 그 고민이 해결된 덕분일까.

아버지의 표정은 예전에 비해 한층 밝아지고 편안해 보였다.

그렇지만 아버지는 아직 몰랐다.

'포로로 월드'의 성공 가도는 이제부터가 시작이라는 것을.

포로로가 괜히 포통령이라 불렸던 것이 아니었다.

'이제 진짜… 사장님 다 되셨네.'

내가 소주병을 다시 들었다.

"한 잔 더 드세요."

"그래. 기분이 좋아서 그런지 술을 마셔도 취하지 않는구나."

쪼르륵.

아버지가 들어 올린 잔에 소주를 채우며 내가 말했다.

"이제 '포로로 월드'의 수익 모델에 대해서 고민해 볼 때가 된 것 같습니다."

"수익 모델? 책을 많이 파는 것 외에 우리가 다른 수익도 거둘 수 있다는 뜻이냐?"

"물론이죠."

"어떻게……?"

"가장 쉽고 가까운 수익 모델은 애니메이션 영화 제작입니다. TV 시리즈와는 차별화되는 스토리로 애니메이션 영화를 제작하면 아이들이 영화를 관람하기 위해서 극장으로 많이 찾아올 겁니다."

"그것도 하나의 방편이 될 수 있겠구나."

"이건 저한테 맡겨 주십시오."

영화는 내 전공 분야.

그래서 '포로로 월드'의 애니메이션 영화 제작은 진작부터 내가 맡을 생각이었고, 이미 계획도 어느 정도 짜 둔 상황이었다.

"그렇지만 애니메이션 영화 제작으로 거둘 수 있는 수익은 빙산의 일각일 뿐입니다. 진짜 수익을 낼 수 있는 쪽은 캐릭터 사업입니다."

"캐릭터 사업?"

"네. '포로로 월드'의 주인공들을 완구로 만들어 제작해서 판매하면 엄청난 수익을 거둘 수 있을 겁니다. 저작권은 작가와 서가북스가 공동 보유 하고 있으니까, 완구 업체에서 제작한 완구의 판매가 많이 되면 될수록 큰 수익을 거둘 수 있죠."

"아! 거기까진 전혀 생각하지 못했구나."

"이 부분은 아버지가 맡아서 진행해 주세요."

캐릭터 사업을 맡아 달라고 부탁하자, 아버지는 살짝 당황한 기색이었다.

"나더러 맡으라고?"

"네."

"왜 네가 직접 맡지 않고……?"

"제가 한동안 많이 바빠질 것 같습니다. 그래서 캐릭터 사업까지 신경 쓰기는 어려울 것 같습니다."

"하긴… 진우, 네가 하는 일이 많긴 하지."

"그래서 아버지가 맡아 주셨으면 합니다. 제가 가장 믿을 수 있는 분이니까요."

'포로로 월드'가 끝이 아니었다.

앞으로 서가북스에서 출판한 서적들은 캐릭터 사업에 계속 진출할 것이었다.

그걸 모두 내가 일일이 신경 쓰며 챙길 수는 없는 노릇.

아버지가 앞으로도 캐릭터 사업을 도맡아 준다면 난 부담을 덜 수 있었다.

그리고 하나 더.

아버지 역시 사업가로서 성취감을 느낄 수 있을 터였고.

"최선을 다하마."

아버지가 비장한 표정으로 각오를 밝힌 순간, 내가 웃으며 당부했다.

"잘 부탁드리겠습니다."

*   *   *

'하나씩 하자!'

서두른다고 해서 능사는 아니었다.

또, 내 기억과 다른 방향으로 흘러가고 있는 상황에 대해서 걱정하며 고민만 하는 것도 능사도 아니었다.

지금 해결해야 할 일들을 하나씩 해내는 것이 중요하다고 판단한 난 백주민을 찾아갔다.

"애니메이션 영화를 한 편 제작해야 할 것 같습니다."

"혹시… 제작하시려는 애니메이션 영화가 '포로로 월드'인가요?"

"그렇습니다."

"그럼 돈이 얼마가 들어가든 무조건 제작해야죠."

'참 편하단 말이야.'

백주민은 회귀자답게 '포로로 월드'가 대박이 난다는 사실을 알고 있었다.

그러니 굳이 부연 설명할 필요가 없다는 점이 무척 편했다.

그를 만난 나의 다음 행선지는 유니버스필름이었다.

주차장 빈 공간에 주차를 마치고 유니버스필름으로 향하던 난 눈살을 찌푸렸다.

툭.

막 입구를 빠져나오던 남자와 어깨가 부딪쳤기 때문이었다.

"아, 죄송합니다. 괜찮으세요?"

어깨가 부딪친 후 남자가 당황한 표정으로 사과했다.

"괜찮습니다."

"죄송합니다. 제가 딴 데 정신이 팔려 있어서 못 보는 바람에……"

"정말 괜찮습니다. 그러니까 신경 쓸 필요 없습니다."

"다시 한번 사과드리겠습니다."

연신 고개를 숙이며 사과하던 남자가 먼저 떠났다.

다시 유니버스필름으로 향하는 계단을 오르던 내가 걸음을 멈추고 고개를 돌렸다.

"어디서… 봤더라?"

분명 남자의 얼굴을 어디서 봤던 기억이 있는데 정확한 기억이 떠오르지 않아서였다.

결국 남자에 대한 기억을 떠올리는 것을 포기하고 유니버스필름으로 들어갔다.

"서 대표, 어서 와."

"들를 곳이 있어서 제가 좀 늦었네요."

"조금만 더 일찍 왔으면 좋았을걸."

"왜요?"

"'치명적인 그녀' 연출을 맡길 감독 후보 면접이 있었거든. 기왕이면 서 대표도 같이 봤으면 좋았을 것 아냐."

"대표님이 어련히 알아서 잘 하시……."

'치명적인 그녀'는 유니버스필름과 레볼루션필름이 공동 제작하는 작품.

그렇지만 난 일찌감치 이번 작품 제작에서 손을 떼겠다고 얘기했고, 이현주 대표도 동의한 상황이었다.

그래서 이현주 대표에게 전적으로 믿고 맡긴다는 이야기를 꺼내던 내가 도중에 입을 다물었다.

아까 유니버스필름이 입점해 있는 건물 입구 앞에서 어깨가 부딪쳤던 남자가 퍼뜩 떠올라서였다.

"대표님, 감독 면접은 어떻게 진행되고 있습니까?"

"오오, 다시 작품에 대한 관심이 불타오르기 시작했어?"

"그건 아니고요. 그냥 좀 궁금해서요."

"일단 최종 후보는 세 명이야. 임준경 감독과 이하나 감독, 송교창 감독이지. 이름값만 놓고 보면 임준경 감독이 가장 높은데… 개인적으로는 이하나 감독과 송교창 감독이 더 마음에 들어."

"이유는요?"

"뚜렷한 장점들이 있거든. 우선 이하나 감독은 충무로에서 보기 드문 여감독이야. 서 대표도 잘 알듯이 '치명적인 그녀'는 여주인공 서사가 가장 중요하잖아. 그래서 여감독인 이하나 감독이 연출을 맡으면 좀 더 섬세한 연출을 할 수 있지 않을까 하는 기대치가 있어. 그리고 송교창 감독은 미장센이 좋은 편이야. 그리고 개인적인 사정이 있어서인지는 몰라도 면접 때 열정도 느껴졌고……."

"혹시 아까 면접을 본 게 송교창 감독인가요?"

"맞아."

'송교창 감독이었구나.'

아까 건물 앞에서 어깨가 부딪쳤던 남자의 정체를 뒤늦게 알게 된 내가 두 눈을 빛내고 있을 때였다.

"서 대표, 혹시 송교창 감독에 대해서 알아?"

"잘 모릅니다."

"난 또 서로 아는 사이인지 알았네."

송교창 감독에 대해서 아예 모르는 것은 아니다.

함께 작업을 해 본 적은 없지만, 그가 감독으로서 만들어 낸 훌륭한 결과물들은 여러 번 본 적이 있었으니까.

"실은 송교창 감독을 아래에서 우연히 만났습니다. 그때 보니까 표정이 무척 어둡던데… 무슨 일 있나요?"

"나 아냐."

"네?"

"면접 볼 때 내가 독설을 날려서 송교창 감독의 표정이 어두운 건 아니란 뜻이야. 나름대로는 정중하게 면접을 보려고 최선을 다했거든."

제 발 저린 도둑처럼 변명을 늘어놓던 이현주 대표가 덧붙였다.

"송교창 감독의 표정이 어두운 이유는 아마 상황이 녹록지 않아서일 거야."

"송교창 감독 형편이 어렵다는 뜻입니까?"

"그래, 실패한 감독이니까."

"……?"

"충무로에서 입봉작이 흥행에 실패한 감독이 재기하는 것이 무척 어렵다는 것은 서 대표도 잘 알고 있지? 멀리서 찾을 것도 없네. 오승완 감독만 해도 '텔 미 에브리씽'으로 재기하기까지 얼마나 힘들었어? 게다가 송교창 감독의 연출 입봉작이었던 '불사조'는 제작비가 30억이 넘어가는 대작이었어. 그런 대작의 연출을 맡아서 흥행에 실패하고 나니까, 송교창 감독에게 다시 기회를 주려는 사람이 거의 없어."

2020년대와 1990년대 후반은 제작 환경이 달랐다.

2020년대에는 제작비가 100억이 넘어가는 영화를 제작하는 경우가 흔했다.

그렇지만 1990년대는 그렇지 않았다.

제작비 30억대의 작품이라면 2020년대로 치면 제작비 100억에 버금가는 대작이었다.

그런 대작을 시원하게 말아먹은 장본인이었으니 송교창 감독에게 재기의 기회가 쉽게 주어질 리 없었다.

"그 후로 계속 연출 계약을 못 했으니까 지금 생활고에 시달리고 있을 거야."

이현주 대표가 안쓰러운 표정으로 덧붙인 이야기를 들은 내가 질문했다.

"그런데 대표님은 왜 송교창 감독에게 기회를 주려는 겁니까?"

"음, 몇 가지 이유가 있어."

"들어 볼 수 있을까요?"

내가 이유를 들려 달라고 부탁하자 이현주 대표가 품 하고 실소를 흘렸다.

"왜 웃으십니까?"

"갑자기 상황이 역전된 것 같아서."

"……?"

"좀 전까지는 내가 면접관이었는데 지금은 꼭 면접을 보는 입장으로 바뀐 것 같다는 생각이 들었거든. 어쨌든… 내가 송교창 감독에게 재기할 기회를 주려고 하는 데는 아까도 말했듯 몇 가지 이유가 있어. 우선 내가 오승완 감독의 와이프라는 것이 그런 결정에 영향을 미쳤어. 오 감독이 힘들어하는 모습을 오랫동안 곁에서 지켜봤기 때문에 지금 송교창 감독이 얼마나 힘들지 충분히 짐작이 갔거든. 하지만 내가 기회를 주려는 것이 꼭 동정심 때문만은 아냐. 난 송교창 감독의 입봉작이었던 '불사조'가 흥행에 실패했던 것이 오롯이 그의 책임만은 아니라고 판단했어. 배우들의 연기도 기대 이하였고, 시나리오에도 문제가 많았거든. 특히 '불사조'의 투자와 배급을 맡았던 리온 엔터테인먼트 측에서 제작 과정에서 간섭이 심했다는 소문이 파다했어. 신인 감독인 송교창 감독 입장에서는 메이저 투배사인 리온 엔터테인먼트의 입김에 흔들리지 않을 수 없었던 상황이었던 거지. 말이 길어지긴 했지만 결론은 송교창 감독 혼자 '불사조'가 흥행에 실패한 것에 대한 독박을 쓰는 것은 너무 가혹하단 뜻이야. 그리고 마지막 이유는 능력이야. 다른 건 몰라도 송교창 감독이 미장센은 뛰어나거든."

말 그대로 장황한 설명.

그 설명을 듣고 난 후 난 아까 우연히 마주쳤던 송교창 감독의 표정이 어두웠던 이유를 짐작할 수 있었다.

"이하나 감독에게로 마음이 기우셨죠?"

내 질문을 받은 이현주 대표가 두 눈을 동그랗게 떴다.

"서 대표, 이제 하다 하다 독심술까지 익힌 거야?"

"그렇게 대단한 것 아닙니다."

"그런데 내가 이하나 감독에게로 마음이 기울었다는 건 어떻게 알았어?"

"유추했죠."

"유추?"

"'치명적인 그녀'는 미장센이 중요한 영화가 아닙니다. 여주인공 서사, 그리고 톡톡 튀는 대사가 핵심이죠. 그런데 송교창 감독의 가장 큰 장점은 미장센이니까… 여감독인 이하나 감독에게로 마음이 기우셨을 거라고 유추한 겁니다."

"정확해."

"그래서 송교창 감독의 표정이 어두웠던 거군요."

"응?"

"대표님은 면접 과정에서 티를 내지 않으려고 노력하셨겠지만, 송교창 감독은 면접을 보면서 이미 '치명적인 그녀'의 연출을 맡을 기회가 본인에게 돌아오지 않을 거란 사실을 느꼈을 겁니다."

"아, 그랬을 수도 있겠네."

이현주 대표가 한숨을 내쉰 후 덧붙였다.

"좀 미안하네."

그런 그녀에게 내가 말했다.

"대표님이 미안해하실 필요는 없습니다. 대표님은 '치명적인 그녀'의 연출을 맡을 적임자를 선택하는 입장이고, 그 과정에서 최선의 선택을 내리신 것이니까요."

"하지만……."

"사람은 다 쓸모가 다르다."

"……?"

"제가 좋아하는 말입니다. 그리고 송교창 감독의 쓸모는 다른 데 있는 것 같습니다."

"응? 무슨 뜻이야?"

이현주 대표의 질문에 내가 대답했다.

"그가 잘하는 걸 할 수 있는 기회를 주려고요."

*　　　　　*　　　　　*

"욕심은 낼 자격이 있는 사람만 내는 것이다."

"아빠가 말씀하시는 자격이 대체 뭔데요?"

"간단하다. 우리 집안의 아들인 것, 그게 자격이다."

"……?"

"그러니 넌 동화그룹에 욕심 내지 마라. 대신 평생 먹고사는 것에는 전혀 부족함이 없게 해 주겠다고 약속하마."

오랜만에 여유가 생겨서일까?

아니면, 술기운 때문인 걸까?

예전 아버지와 나누었던 대화가 떠올랐다.

아니, 아버지가 했던 경고가 떠올랐다.

만약 그 경고를 따랐다면?

지금쯤 조건 보고 만난 적당한 남자와 결혼해서 살림을 하고 있었을 가능성이 높았다.

어쩌면 애를 낳아서 육아에 전념하고 있었을 수도 있었고,

그러나 아버지의 경고를 순순히 따르는 대신에 공평한 기회를 달라고 요구하며 맞서 싸웠다.

결국 그 요구가 받아들여졌고 후계 구도 싸움에서 이긴 덕분에 오빠를 제치고 동화그룹을 차지할 수 있었던 것이고.

"서 이사의… 공이 컸지."

동화그룹의 후계자를 두고 벌이는 싸움.

손진경은 오빠인 손진수를 이기기 위해서 최선을 다했다.

하지만 과정과 결과, 두 가지 측면 모두에서 서진우의 도움과 역할이 무척 컸다는 것은 부인할 수 없었다.

서진우가 아버지인 손태백을 직접 만나서 담판을 지은 덕분에 공평한 기회가 주어지는 과정이 생겼고, JK미디어 소속 가수들의 매출이 크게 상승하면서 결과에서도 앞서며 승리를 거머쥘 수 있었으니까.

"이거 비싼 와인 아닌가요?"

서진우의 등장으로 인해 손진경이 상념에서 깨어났다.

"서 이사, 어서 와."

자신이 동화그룹을 차지하는 데 있어서 일등 공신이라 할 수 있는 서진우를 반갑게 맞이하며 손진경이 자리를 권했다.

"어떻게 지내셨습니까?"

"눈코 뜰 새 없이 바빴어."

엄살이 아니었다.

오빠인 손진수를 제치고 동화그룹의 후계자가 된 것.

끝이 아니라 시작이었다.

동화그룹의 사명을 JK그룹으로 변경하는 것을 시작으로 오랫동안 적자를 내고 있는 사업들을 한꺼번에 정리하느라 정신이 하나도 없을 정도로 바빴다.

"그럴 거라 예상했습니다."

"미안해. 내가 아무리 바빠도 서 이사에게 밥은 한 번 샀어야 했는데."

"저도 바빴습니다."

"알아. 서 이사가 방콕 아시안 게임에 펜싱 국가 대표로 출전해서 금메달리스트가 됐다는 소식을 나중에 알고 나서 내가 얼마나 놀랐는지 모를 거야."

송진경이 새삼스러운 시선을 던질 때, 서진우가 메뉴판을 펼쳤다.

"비싼 것 먹어도 되죠?"

"당연하지. 제일 비싼 걸로 먹어."

주방장 특선 코스로 주문을 마친 후 송진경이 와인을 권했다.

"와인 한잔할래?"

"사양하지 않겠습니다."

채앵.

잔을 부딪치고 와인을 한 모금 마셨다.

개국공신과 함께 마시는 와인이기 때문일까.

오늘따라 와인이 유난히 달콤하다는 생각을 했을 때였다.

수행 비서인 고승찬이 재빨리 다가왔다.

"무슨 일이야?"

"JK건설 손진수 대표가 찾아왔습니다."

"오빠가?"

"네. 꼭 할 이야기가 있다고 합니다."

"지금 중요한 손님을 만나고 있는 중이니까 일단 그냥 돌려보내. 나중에 회사로 다시 찾아오라고 전하고."

손진경이 고승찬에게 지시를 막 내렸을 때였다.

"비켜, 이 새끼들아. 내가 누군지 몰라? 너희들도 내가 우스워 보여?"

손진수가 핏발 선 눈을 부라리며 다가왔다.

'술 마셨네.'

그가 술에 취했다는 것을 알아챈 손진경이 한숨을 내쉬며 고승찬에게 지시했다.

"늦었네. 잠깐 만날게."

"알겠습니다."

더 큰 소란이 일어나는 것이 싫었기에 손진경이 도중에 마음을 바꾸었다.

"서 이사, 미안한데 오빠하고 잠깐만 얘기할게."

"네. 불편하시면 자리 피해 드릴까요?"

"아냐. 그럴 필요 없어. 금방 얘기 끝날 거야."

손진수가 막무가내로 자신을 찾아온 이유를 짐작하고 있었기에 손진경이 양해를 구한 순간이었다.

"너, 오랜만이다. 아니, 이제는 손 회장님이라고 불러야 하나?"

"막무가내인 것은 여전하네요."

"뭐?"

"앞으로는 미리 약속 잡고 찾아와요."

"회장님 되시더니 많이 변했네."

"비꼬려고 찾아왔어요? 됐고. 빨리 용건이나 말해 봐요."

"동화건설 매각한다는 것, 사실이야?"

'역시 이것 때문이었네.'

손진경이 무감정한 목소리로 대답했다.

"아직 결정된 것은 없어요."

"그런데 왜 매각한다는 소문이 도는 거야? 아니 땐 굴뚝에 연기가 날 리 없잖아?"

"매각 검토는 하고 있어요."

"왜?"

"이유는 오빠가 더 잘 알지 않아요? 적자 규모가 워낙 커서……."

"그거 아니잖아!"

"……?"

"날 그룹에서 쫓아내려고 수 쓰고 있는 거잖아?"

손진경이 주변 시선을 아랑곳하지 않고 언성을 높이는 손진수를 한심하게 바라보며 입을 뗐다.

"후우, 오늘은 이만 돌아가세요. 사람들 이목도 있으니까 나중에 회사에서 따로 만나서 다시 얘기해요."

"지금 누구한테 명령질이야? 못 가. 난 여기서 확답을 들어야겠어. 동화건설 매각, 없던 일로 해."

만류에도 불구하고 계속 언성을 높이는 손진수로 인해 손진경이 난감한 표정을 지었을 때였다.

"아직 그룹 장악이 덜 끝났네요."

서진우가 대화 도중에 끼어들었다.

"넌 뭐야?"

손진수가 언짢은 기색을 감추지 않고 삿대질을 한 순간, 서진우가 소개했다.

"서진우라고 합니다."

"누가 네 이름 물었어? 네깟 놈이 뭔데 건방지게 끼어들어?"

"큰일이네요."

"뭐?"

"제가 아직 누군지 모른다는 게 이 지경이 된 지금까지도 손진수 씨가 상황 파악을 전혀 못 했다는 증거니까요."

"무슨 헛소리를⋯⋯?"

"한마디로 여전히 무능하다는 뜻입니다."

"무능해? 이 새끼가 돌았나?"

이미 술을 꽤 마신 데다가 잔뜩 흥분한 손진수는 더 참지 못하고 서진우에게 다짜고짜 주먹을 휘둘렀다.

하지만 그 주먹은 서진우에 의해 막혔다.

"아직도 정신 못 차리셨네."

"이거 안 놔?"

서진우는 손진수의 손목을 움켜쥐고 있던 손을 놓지 않고 오히려 힘을 더했다.

"으아악!"

고통스러워서 신음성을 흘리는 손진수를 무시한 채 서진우가 물었다.

"좀 도와 드릴까요?"

"뭘 도와준다는 거야?"

"그룹 장악 말입니다. 제가 도와 드릴 수 있을 것 같거든요."

"정말… 이야?"

"네."

"어떻게……?"

JK그룹 회장 자리에 오르는 데 성공했지만, 여전히 오빠인 손진수는 골칫거리였다.

아버지에게 어릴 적에 물려받은 지분을 무기로 사사건건 태클을 걸고 있기 때문이었다.

동화건설 매각을 쉽게 결정하지 못하는 것도 마찬가지 이유.

그런데 서진우는 이 문제를 해결할 방법이 있다고 말했다.

"제게 시간을 십 분만 주시죠."

"알았어."

만약 다른 사람이 이렇게 말했다면 믿지 않았으리라.

그렇지만 서진우는 달랐다.

지금까지 곁에서 지켜본 경험상 서진우는 빈말을 하거나 허세를 부린 적이 없었다.

이미 그에 대한 신뢰가 쌓였기에 손진경은 군말 없이 자리에서 일어났다.

"잠깐 바람 좀 쐬고 올게."

*　　　*　　　*

"무슨 개소리를… 하고 있는 거야?"

악귀처럼 표정을 일그러뜨린 채 소리치고 있는 손진수의 손목을 움켜쥔 것을 풀어 주며 내가 제안했다.

"개소리 아니니까 앉아서 들으시죠."

하지만 손진수는 제안을 따르지 않았다.

"이런 겁대가리를 상실한 새끼!"

부웅.

손진수는 다시 주먹을 휘둘렀다.

하지만 이런 전개를 예상했기에 난 당황하지 않고 다시 그의 손목을 움켜잡았다.

"끄아아악!"

아까보다 더 강하게 힘을 주며 살짝 비틀자, 손진수가 고통을 느끼며 비명을 내질렀다.

"이거 놔. 빨리 안 놔?"

"마지막 경고입니다. 한 번 더 주먹을 휘두르면 다음에는 손목이 부러질 겁니다. 내 말, 제대로 이해했습니까?"

손진수가 황급히 고개를 끄덕이는 것을 확인한 내가 그의 손목을 움켜잡고 있던 손을 놓았다.

"이 새끼가 진짜⋯⋯."

"딥인사이드 엔터테인먼트."

"⋯⋯?"

"알고 계시죠?"

내가 딥인사이드 엔터테인먼트를 언급하자, 손진수의 눈동자가 크게 흔들렸다.

흠칫하며 동요하는 손진수를 향해 내가 다시 입을 뗐다.

"일전에 손태백 전 회장님을 만난 적이 있습니다."

"네가⋯ 우리 아버지를 만났다고?"

"네."

"아버지와 만나서 무슨 얘기를 했어?"

"거래를 했었죠."

"거래? 네깟 놈이 아버지와 무슨 거래를 했다는 거야?"

"자식 사랑이 무척 각별하시더군요. 특히 손진수 씨를 많이 아끼셨습니다."

"무슨 소리를… 하고 있는 거야? 그리고 아버지가 날 진짜 아끼셨으면 동생한테 그룹을 물려……."

"현 서부지검장님이 예전에 수사 과정에서 딥인사이드 엔터테인먼트를 압수 수색 했던 적이 있습니다. 그때 주태준 실장이 갖고 있던 장부를 확보했죠. 그게 무슨 장부인지는 대충 짐작이 가시죠?"

당황해서일까.

입을 꾹 다물어 버린 손진수에게 내가 다시 물었다.

"그때 좀 이상하다는 생각이 들지 않았습니까?"

"……?"

"그 장부에 본인 이름이 적혀 있었을 텐데 손진수 씨는 검찰 수사를 받지 않고 그냥 넘어갔지 않습니까?"

"누가 그래? 거기에 내 이름이 적혀 있을 리가 없……."

"그 장부에 손진수 씨 이름이 적혀 있는 것, 제가 똑똑히 봤는데요."

"뭐?"

"주태준 실장에게 소개를 받아서 장소영이란 여배우에게 스폰서 제안을 했지 않습니까? 장부에 그렇게 적혀 있던데요."

백지장처럼 하얗게 얼굴이 질린 손진수가 질문했다.

"그걸 네가 어떻게……?"

그 질문을 도중에 자르며 내가 다시 말했다.

"당시에 수사를 내가 막았습니다."

"네가 막았다고?"

"네."

"정말이야?"

"농담할 분위기는 아닌 것 같은데요?"

"너, 정체가 뭐야? 검사야?"

"검사는 아닙니다."

"그럼?"

"검사와 친한 사람이라고 표현하면 적당하겠네요."

"……?"

"당시 수사를 지휘했던 이청솔 서부지검장님과 제가 각별한 사이입니다. 그래서 손진수 씨를 수사 선상에서 제외해 달라고 부탁했습니다."

믿기지 않는다는 표정을 짓고 있던 손진수가 다시 물었다.

"그렇게 한 이유가 뭐야? 네가 날 도울 이유가 없잖아?"

"평소에 친분은커녕 일면식도 없었던 손진수 씨를 도와준 이유가 뭐냐? 이게 궁금하신 거죠."

"그래."

"간단합니다. 그게 거래 조건이었습니다."

"거래 조건?"

"손태백 전 회장님, 아까도 말씀드렸듯이 아들인 손진수 씨를 아끼는 마음이 각별하시더군요. 그래서 손진수 씨를 감옥에 보내고 싶지는 않으셨는지 제가 제안했던 거래에 응했습니다."

"그 말은… 아버지가 알고 계시다는 거야?"

"네, 알고 있습니다."

충격이 큰 듯 휘청이던 손진수가 이를 악문 채 질문했다.

"아까부터 아버지와 거래를 했다고 말하는데… 대체 무슨 거래를 했던 거야?"

"손진수 씨를 수사 선상에서 제외하는 대신, 동화그룹 주인이 되길 원하는 자식들에게 공평한 기회를 주라고 했죠."

"그래서… 그래서… 일이 이렇게 된 거였구나."

비로소 상황을 파악한 손진수가 머리를 감싸 쥐었다.

"난 그것도 모르고… 그동안 아버지를 원망했었는데……."

"원망할 게 아니라 감사했어야죠."

"하아!"

"그런데 지금은 후회할 때가 아닙니다. 아직 안 끝났으니까요."

"아직 안 끝났다니?"

"그 장부 말입니다. 여전히 이청솔 서부지검장님이 갖고 있습니다."

"……?"

"만약 이청솔 지검장님이 결심만 하면 손진수 씨는 다시 수사 선상에 오를 수 있다는 뜻입니다. 그리고 구속될 확률이 높죠."

"지금… 날 협박하는 거야?"

"네."

너무 당당하게 협박하는 게 맞다고 인정해서일까.

잠시 말문이 막혔던 손진수가 한참 만에 다시 입을 뗐다.

"이런 이야기를 하는 이유가 뭐야? 아니, 내게 원하는 게 뭐야?"

"나대지 마시라고요."

"……?"

"동화건설, 아니, JK건설 대표 이사 자리라도 지키고 싶으면 조용히 지내세요. 구속되면 대표 자리에서 물러나야 한다는 것, 알고 계시죠?"

꿀꺽.

손진수가 마른침을 삼켰다.

든든한 뒷배였던 손태백 전 회장이 경영 일선에서 물러난 상황.

본인을 지켜줄 사람이 더 이상 남아 있지 않다는 사실을 알고 있는 손진수가 한참 만에야 물었다.

"앞으로 조용히 지내기만 하면 돼?"

"네. 그리고……."

"그리고 또 뭐야?"

내가 손목시계를 본 후 말했다.

"십 분 다 됐네요. 이게 그만 사라지시죠."

*　　　　　*　　　　　*

"어떻게 됐어?"

다시 돌아온 손진경 대표는 궁금해 죽겠다는 표정으로 물었다.

"앞으로 조용히 지낼 겁니다."

내 대답을 들은 손진경 대표가 물었다.

"언제까지?"

"최소 몇 년은 조용히 지낼 겁니다."

'공소 시효 때문에라도.'

손진수는 여배우에게 스폰서 제안을 했다.

장소연만이 아니라 다른 여배우들에게도 제안했고, 그 과정에서 본인 성질을 이기지 못하고 폭행을 행사한 적이 있었다.

그에 대한 증거가 적혀 있는 장부의 존재를 알게 됐으니 공소 시효가 끝나는 동안은 조용히 쥐 죽은 듯 지낼 것이었다.

하지만 그 장부의 존재를 밝히는 대신, 난 다른 이야기를 꺼냈다.

"제가 오빠분의 약점을 손에 쥐고 있거든요."

"무슨 약점인데?"

"그건 알려 드릴 수 없습니다."

"정말 못 알려 줘?"

"네."

내 고집을 알고 있는 손진경은 아쉬운 기색이었지만 그에 관해 더 캐묻지 않았다.

그런 그녀의 반응을 살피던 내가 화제를 전환했다.

"오랜만에 만난 김에 사업 얘기 좀 할까요?"

"사업 얘기 좋지."

"오디션을 열었으면 합니다."

"오디션이라면… 신인 가수 뽑는 오디션?"

"맞습니다."

"그러니까 JK미디어에서 신인 가수를 뽑기 위해서 오디션을 개최한다? 굳이 그래야 할 이유가 있어?"

조보안과 이창성, 그리고 스톰까지.

소속 가수들의 잇따른 성공 덕분에 JK미디어와 계약을 체결하고 싶어 하는 기성 가수들은 많았다.

그런데 굳이 신인 가수들을 뽑기 위해서 오디션까지 개최할 필요가 있는가에 대해서 손진경은 회의적인 반응이었다.

"네. 필요합니다. 다이아몬드가 될 원석이 필요하거든요."

"알았어. 서 이사 뜻대로 해. 서 이사가 필요하다면 필요한 거겠지."

하지만 내게 워낙 신뢰가 깊은 덕분에 송진경은 반대까지는 하지 않았다.

"기왕 하는 것, 상금 좀 세게 걸어."

"안 그래도 그럴 생각이었습니다."

"얼마나 걸 건데?"

"일억 정도 생각하고 있습니다."

"총상금 일억?"

막연히 생각했던 것보다 상금 규모가 더 컸기 때문일까.

손진경이 살짝 당황한 표정으로 물었다.

"너무 많은 것 아냐?"

"아까 본인 입으로 상금 좀 세게 걸라고 하지 않으셨습니까?"

"그렇긴 하지만……."

"그리고 틀렸습니다."

"뭐가?"

"총상금이 아닙니다. 우승 상금입니다."

"그러니까… 일억은 오디션 우승자에게 수여하는 상금이다?"

"네."

"그럼… 총상금은 더 많겠네?"

"이억 정도 생각하고 있습니다."

이미 한 말이 있어서일까.

차마 반대하지는 못했지만, 손진경은 놀란 기색이 역력

했다.

'벌써 놀라면 곤란한데!'

그런 그녀의 표정을 살피던 내가 쓴웃음을 지은 후 덧붙였다.

"앞으로 뮤직비디오에도 신경을 좀 쓸 생각입니다."

"필요하다면 그렇게 해."

"뮤직비디오 제작비가 궁금하지 않습니까?"

"궁금해."

"30억 예상합니다."

"아, 진짜 뮤직비디오에 신경을 좀 쓸 모양… 방금 얼마라고 했어?"

"30억 예상하고 있다고 했습니다."

"내가 제대로 들은 게… 맞았네."

충격이 커서일까.

한참 말문이 막혔던 송진경이 다시 입을 뗐다.

"뮤직비디오는 길어야 5분 정도 아냐? 겨우 오 분짜리 뮤직비디오 만드는 데 30억을 투입하는 건 너무 오버 아닐까?"

"물론 뮤직비디오 한 편을 찍는 데 30억이란 거액을 모두 투입하는 것은 아닙니다. 일단은 세 편을 예상하고 있습니다."

"30억 예산으로 뮤직비디오 세 편을 찍는다고 해도… 5분짜리 하나당 10억이 드는 셈이잖아."

"맞습니다."

"대체 누구의 뮤직비디오를 찍을 예정인데? 보안이? 아니면, 이창성?"

"아닙니다. 보안이나 창성이 같은 경우는 이미 인지도가 쌓일 만큼 쌓여 있기 때문에 신곡 홍보에 그렇게 많은 예산을 지출할 필요가 없습니다."

"그럼 누구 뮤직비디오에 10억을 투입한다는 거야?"

"오디션을 개최해서 발굴할 신인 가수들이요."

내 대답을 들은 송진경이 입을 헤 벌렸다.

"그러니까 신인 가수 뮤직비디오에 10억을 쏟아붓겠다고?"

"네."

"너무… 위험하지 않을까?"

송진경이 보이는 반응.

어쩌면 당연한 일이었다.

대부분의 음반 회사 관계자라면 무모하고 위험한 시도라고 판단해서 도시락 싸 들고 다니며 말릴 것이었다.

하지만 난 회귀자라서 알고 있다.

이 무모하고 위험한 시도가 대박이 난다는 사실을.

그래서 난 송진경의 우려에도 아랑곳하지 않고 강하게 밀어붙였다.

"제가 책임지겠습니다."

"서 이사가 책임지겠다고? 어떻게?"

"투자금을 구해 오겠습니다."

어차피 허락을 구하기 위해서 송진경을 만난 것이 아니었다.

계획을 통보하기 위해서 그녀를 만난 것이었다.

"투자금은 어떻게 구할 건데?"

그리고 송진경의 질문에 내가 대답했다.

"부자한테 받아 낼 생각입니다."

*   *   *

한국대학교 앞 커피 전문점.

"무슨 바람이 불어서 먼저 연락을 다 했어?"

커피 전문점으로 걸어 들어온 유승아의 표정은 싸늘했다.

"볼일이 있어서요."

내 대답을 들은 유승아의 표정이 더욱 싸늘해졌다.

"아, 우리는 볼일이 있을 때만 만날 수 있는 사이구나."

"그런 사이죠."

"뭐?"

맞은편에 앉은 유승아가 팔짱을 낀 채 날 매섭게 노려보기 시작했다.

"왜 그렇게 보십니까?"

"신기해서."

"……?"

"내가 그렇게 별로야?"

"제가 별로라고 대답하면… 공대 여신에게 모욕감을 줬다는 이유로 한국대학교 공대생들의 공적이 되겠죠?"

"별로란 뜻이지?"

"아니요. 선배는 무척 매력적인 여성입니다. 미모와 지성, 재력까지 두루 겸비했으니까요. 다만……."

"다만 뭐야?"

"제게는 그게 매력으로 다가오지 않습니다. 오히려 부담스럽습니다."

"내가… 부담스럽다?"

"정확히 말하면 선배의 배경이 부담스럽습니다."

구룡그룹 유명석 회장의 막내딸이란 신분 때문에 부담스럽다고 대답하자, 유승아는 의외로 쿨하게 대답했다.

"그럴 거라 예상했어."

"제가 처음이 아니군요."

"그래."

쿨하게 인정한 유승아가 덧붙였다.

"내 배경이 부담스럽지 않은 남자가 대한민국에 과연 몇이나 있겠어?"

"아마 없을 겁니다."

"나도 알아. 그래도… 조금은 기대했어."

"뭘 기대했단 겁니까?"

"진우, 너라면 다르지 않을까? 이런 기대를 했었거든."

유승아가 씁쓸한 표정으로 꺼낸 이야기를 들은 내가 대답했다.

"만약 저 혼자라면 선택이 달랐을 겁니다. 누구 눈치 안 보고, 유명석 회장님 앞에서도 할 말 하면서 잘 버틸 자신이 있죠. 하지만 제게는 가족이 있습니다. 제가 구룡그룹의 사위가 된다면, 가족들이 많이 힘들어할 겁니다. 또 선배의 가족들도 저를 불편해할 것이 불 보듯 뻔합니다. 아니, 불편해한다기보다는 적이라고 판단할 가능성이 높겠네요."

"네 말이 맞아."

"그래서 친구이자 사업 파트너까지가 마지노선이라는 판단을 내렸습니다."

"서진우! 방금 오버한 것, 알지?"

"네?"

"우리 사귄 적도 없어. 그냥 선후배 사이였거든."

"아, 네."

"그리고 친구는 내가 허락해야 될 수 있는 거야. 그런 면에서 운 좋은 줄 알아. 내가 친구가 돼 주기로 마음먹었으니까."

"그럼 제가 고마워해야 하는 건가요?"

"당연하지."

"알겠습니다. 친구로 인정해 줘서 고맙습니다."

"영광인 줄 알아."

유승아는 환하게 웃으며 농담을 건넸다.

그렇지만 난 그녀의 두 눈에 깃들어 있던 슬픔을 놓치지 않았다.

그래서 살짝 미안한 마음이 들었지만, 난 마음을 독하게 먹었다.

'가는 길이 달라!'

남녀 간의 일이란 모르는 것이었다.

구룡그룹 유명석 회장이 날 주시하고 있는 상황.

여기서 유승아와의 관계가 좀 더 깊어진다면, 난 진짜 구룡그룹 막내딸의 남편이 될 수도 있었다.

그리고 남들이야 구룡그룹 사위가 된다면 부러워하겠지만, 난 달랐다.

내 의지와 상관없이 구룡그룹 후계 싸움에 휘말리게 될 터.

그럼 내 목표와 상관없는 일에 계속 심력을 허비할 수밖에 없었고, 난 그것이 두려운 것이었다.

"아까 하던 얘기마저 해."

유승아가 꺼낸 말을 듣고서 난 상념에서 깨어났다.

"왜 사업 파트너를 언급했던 거야?"

"제가 빚지고는 못 사는 성격이거든요."

"……?"

"얼마 전에 유명석 회장님과 거래를 했습니다. 제가 원하는 것을 들어주시는 대가로 선배를 돕기로 했죠. 그 약속을 지키려는 겁니다."

"어떻게 도울 건데?"

흥미를 드러내며 질문하는 유승아에게 내가 대답했다.

"돈 좀 있습니까?"

"돈?"

"네. 구룡 그룹 막내딸이니까 그동안 꿍쳐 놓은 돈 좀 있지 않습니까?"

"돈 있으면 빌려 달란 뜻이야?"

"비슷합니다."

"……?"

"투자를 하라는 뜻이니까요."

비로소 말뜻을 이해한 유승아가 엄포를 놓았다.

"내 뒤에 구룡그룹 있다. 사기 치려다가 죽는다."

"돈 없나 보네요."

"어떻게 알았어?"

"자꾸 딴소리를 하니까요."

정곡을 찔려서일까.

멋쩍게 웃고 있는 유승아에게 내가 다시 말했다.

"그럼 빌려서라도 오시죠."

*　　　　*　　　　*

구룡그룹 회장실.

유명석이 결재 서류를 살피고 있을 때, 비서가 들어왔다.

"회장님, 따님 오셨습니다."

"승아가 왔다고?"

"네."

"들여보내. 차도 특별히 신경 써서 준비해서 내 오고."

"알겠습니다."

탁.

유승아가 자신을 만나기 위해서 찾아왔다는 소식을 들은 유명석이 미련 없이 앞에 놓인 서류철을 덮었다.

"확실히… 변하긴 했구나."

제 어미가 죽은 후 유승아는 자신을 만나기 위해서 한 번도 회사로 찾아온 적이 없었다.

어쩔 수 없이 마주치게 되더라도 말을 하지 않았을 뿐더러 눈도 제대로 마주치려 하지 않았었다.

그런 유승아가 자신을 만나기 위해서 회장실로 찾아오는 것.

말 그대로 커다란 변화였다.

그리고 이런 변화가 발생한 원인을 되짚어 보던 유명석이 떠올린 것은… 서진우였다.

서진우와 만나고 난 후, 이런 변화가 생겼기 때문이었다.

"저 왔어요."

여전히 유승아의 목소리는 차가웠지만, 유명석은 딸이 자신의 시선을 피하지 않는 것에 만족했다.

"내일은 해가 서쪽에서 뜨겠구나."

게다가 유명석이 던진 시답잖은 농에 대한 반응도 돌아왔다.

"내기하실래요?"

"응?"

"내일 해가 동쪽에서 뜰지 서쪽에서 뜰지 내기하자고요."

"판돈은?"

"음, 한 백억 정도 어때요?"

농을 끊지 않고 이어나가는 유승아를 빤히 바라보던 유명석이 의외란 시선을 던졌다.

"돈 필요하냐?"

"네."

"얼마나?"

"많으면 많을수록 좋죠."

기껏 회장실로 자신을 만나러 찾아온 용건이 돈이 필요해서라는 것을 알게 됐지만, 유명석은 실망하지 않았다.

그동안 유승아가 완강하게 거부했던 탓에 제대로 용돈 한 번 줘 본 적이 없었기 때문이었다.

"보유한 주식 있잖아?"

그렇다고 해서 유승아가 돈이 없는 것은 아니었다.

유명석은 유승아에게 구룡전자 주식 중 일부를 증여했고, 그 주식을 팔면 필요한 돈을 마련하는 것이 가능했다.

그래서 던진 질문에 유승아가 대답했다.

"제가 보유한 주식은 팔면 안 될 것 같아서요."

그 대답을 들은 유명석이 흡족한 표정을 지었다.

방금 꺼낸 대답.

유승아가 후계 구도 싸움에 뛰어들 의사를 밝힌 셈이었으니까.

"그럼 다시 묻자. 애비한테 돈을 그냥 달라는 것이냐? 아니면, 돈을 빌려 달라는 것이냐?"

"백억, 그냥 주시진 않을 거죠?"

"물론이지."

"그럴 줄 알았어요. 그럼 빌려주세요."

"백억을 빌려서 어디에 쓰려는 거냐?"

"투자하려고요. 좋은 투자처가 생겼거든요."

"그 좋은 투자처가 어딘지 알려 줄 수 있느냐?"

"JK미디어예요."

"……?"

"진우가 추천했어요."

유명석은 JK미디어에 대해 아는 게 별로 없었다.

다만 얼마 전 동화그룹에서 사명을 변경한 JK그룹 계열사 중 하나가 아닐까 어렴풋이 짐작할 뿐이었다.

하지만 서진우가 JK미디어에 투자하라고 추천했다는 이야기를 듣자, 그만한 이유가 있을 거란 생각이 들었다.

"추천한 이유도 들었어?"

"네."

"뭐라고 하더냐?"

"떡상할 거라던데요."

Chapter. 2

"떡상?"

"네. 주가가 왕창 뛸 거래요. 제가 매수했다가 나중에 주식이 떡상하고 난 후에 팔아서 차익으로 지분을 매입해 두면 훗날 후계 구도 싸움을 할 때 큰 도움이 될 거래요."

유명석이 소파에 등을 묻은 채 콧잔등을 손으로 매만졌다.

"자, 이제 마지막 질문이네. 자네의 부탁을 들어주었을 때, 내가 얻을 수 있는 것은 대체 뭔가?"

"따님에 대한 애정이 무척 각별하신 걸로 알고 있습니다. 이번에 도와주시면, 저도 따님을 돕겠습니다."

일전에 서진우를 만나서 나누었던 대화.

당시 서진우는 펜싱 협회에 대한 구룡그룹의 자금 지원을 끊어 달라고 부탁했고, 자신이 그 부탁을 들어주는 대가로 유승아를 돕겠다고 약속했다.

아마 서진우는 당시에 했던 약속을 지키기 위해서 나선 것 같았다.

"하나 궁금한 게 있다."

"말씀하세요."

"서진우는 JK미디어의 주가가 떡상, 아니, 앞으로 크게 상승할 것을 어떻게 알고 있는 거지?"

"본인이 그렇게 만들 거래요."

"응?"

"몰랐는데… 진우 회사라고 해요."

"JK미디어가… 서진우 소유의 회사라고?"

"네."

"혹시 잘못 알고 있는 것 아니냐? JK미디어는 JK그룹 계열사 중 하나인 것 같은데……."

"아빠."

"응?"

"저도 바보 아니에요. 이미 알아봤어요. 손진경 회장과 진우가 지분을 절반씩 보유한 것 확인했어요."

유명석이 표정을 굳히자, 유승아가 물었다.

"못 믿으시는 거예요?"

"그건 아니다."

"그럼 왜 표정이 심각하신 건데요?"

"어쩌면… JK그룹 승계 과정에서 서진우가 관여했던 게 아닐까? 이런 생각이 퍼뜩 들어서다."

동화그룹 손태백 회장이 아들인 손진수가 아니라 딸 손진경에게 그룹을 물려준 것.

장자 승계가 일반적인 대한민국 재계에서 한동안 화제가 된 사건이었다.

당시 그 소식을 듣고서 유명석도 좀 놀랐었다.

손태백 회장이 당연히 아들인 손진수에게 그룹을 물려줄 거라 예상했었으니까.

하지만 그게 다였다.

어차피 남의 그룹 문제였으니까 더 신경 쓰지 않았다.

그런데 서진우와 손진경이 이미 알고 있고 동업을 하는 사이라는 소식을 전해 듣고 나자 신경이 쓰였다.

'한번 알아봐야겠군.'

유명석이 속으로 생각하며 다시 입을 뗐다.

"돈은 빌려주마."

*   *   *

미라이 레코드 대표인 나카무라 신조는 마뜩잖은 표정으로 맞은편에 앉아 있는 이토 겐지를 노려보았다.

담담한 미소를 입가에 머금은 채 커피잔을 들어 커피를 한 모금 마시고 내려놓은 이토 겐지가 먼저 입을 뗐다.

"절 보는 시선에 적의가 가득하군요. 제가 무슨 실수라도 했습니까?"

"난 신의를 무척 중요하게 생각하는 사람이오."

말이 나온 것을 놓치지 않고 나카무라 신조가 입을 뗐다.

"그런데 당신 때문에 난 신의를 잃고 말았소."

"제가 알아들을 수 있도록 좀 더 자세히 말씀해 주시겠습니까?"

"cm엔터테인먼트와 미라이 레코드는 함께 손을 잡고 일을 추진하기로 약속했소. 그런데 내가 일방적으로 약속을 파기함으로 cm엔터테인먼트 김천만 대표에게 신의를 잃고 말았단 뜻이오."

"아, 그걸 말씀하시는 거군요."

나카무라 신조가 사납게 표정을 일그러뜨렸지만, 이토 겐지는 당황한 기색이 아니었다.

여전히 담담한 표정을 유지한 채 말했다.

"나카무라 신조 대표님이 신의를 잃은 것이 저 때문이란 겁니까? 그래서 원망하시는 겁니까?"

"당신이 cm엔터테인먼트와 잡은 손을 놓으라고 협박했지 않소?"

"그럴 의도는 아니었는데… 그게 협박이라고 느끼셨습니까?"

이토 겐지는 담담한 목소리로 말했다.

하지만 나카무라 신조는 담담할 수 없었다.

"만약 cm엔터테인먼트와 손을 잡으면 미라이 레코드 소속 가수들의 NCK 방송 출연을 막겠다는 게 협박이 아니라면 대체 뭐가 협박이란 것이오?"

격앙된 목소리로 당시의 일을 상기시켰음에도 이토 겐지는 협박이 아니었다는 주장을 반복했다.

"나카무라 신조 대표님은 그게 협박처럼 느껴지셨나 보군요. 하지만 저는 거래라고 생각했습니다."

"방금… 거래라고 했소?"

"네."

"자고로 거래라 함은 주고받는 게 있어야 하는 것이오. 그런데 내가 얻은 게 아무것도 없는데……."

"성격이 많이 급하시네요."

"……?"

"저는 당시에 유력 정치인을 소개시켜 드리겠다고 말씀드렸습니다. 그리고 그 약속을 믿었기에 cm엔터테인먼트의 손을 잡지 않았던 것 아닙니까?"

"하지만 그 약속은……."

"곧 나오베 유키 의원이 도착하실 겁니다."

"방금… 나오베 유키 의원이라고 했소?"

"네. 자민당 간사를 맡고 계신 나오베 유키 의원이 도착할 겁니다."

나카무라 신조가 급히 입을 다물었다.

현재 미라이 레코드 대표 이사 직책을 맡고 있었지만, 나카무라 신조의 꿈은 정치인이었다.

그래서 당시에 유력 정치인을 소개해 주겠다는 이토 겐지의 제안을 못 이긴 척 수용했던 것이었고.

"아직도 협박이라고 생각하십니까?"

이토 겐지의 질문에 나카무라 신조가 황급히 손사래를 치며 대답했다.

"아까는 내가 잘못 생각했소. 그리고 내가 너무 흥분해서 말이 심했던 것도 사과하겠소."

"오해가 풀렸다니 다행입니다."

"그런데……."

"어려워 말고 편하게 말씀하시죠."

"이토 겐지 대표는 나오베 유키 의원님과 어떤 사이입니까?"

나카무라 신조가 조심스럽게 꺼낸 질문에 이토 겐지가 입가에 희미한 미소를 머금은 채 대답했다.

"나오베 유키 의원님에게 청탁을 할 수 있을 정도로 친분이 깊은가를 묻고 싶으신 것이지요?"

"하핫, 맞습니다."

"친분은 아주 깊습니다."

"무척 돈독한 사이신가 보군요."

"돈독한 사이라기보다는… 불편한 사이라고 표현하는 게 더 맞는 것 같습니다."

"……?"

"제가 나오베 유키 의원님의 약점을 손에 쥐고 있으니까요."

이토 겐지의 부연을 듣던 나카무라 신조는 귀가 번쩍 뜨이는 느낌을 받았다.

만약 이토 겐지가 손에 쥐고 있다는 약점을 이용해서 나오베 유키 의원을 움직인다면 국회의원이 되겠다는 꿈도 이룰 수 있다는 데 생각이 미쳤기 때문이었다.

'이 인간을 멀리할 순 없겠군.'

나카무라 신조는 이토 겐지가 마음에 들지 않았다.

이상하리만치 상대를 불편하게 만드는 재주가 있었기 때문이었다.

'저 눈빛 때문일 거야.'

마치 네 속내를 다 꿰뚫어 보고 있다는 듯한 강렬한 눈빛과 마주할 때는 발가벗겨지는 느낌이었다.

그래서 이토 겐지와의 만남이 불편했지만, 나카무라 신조는 그와의 관계를 좀 더 이어 나가기로 결정했다.

불편함을 잠시 참고 감수하는 대가로 얻을 수 있는 것이 워낙 컸기 때문이었다.

"앞으로도 잘 부탁드리겠습니다."

그래서 나카무라 신조가 고개를 숙이며 부탁하자, 이토 겐지 역시 고개를 숙이며 대답했다.

"오히려 제가 잘 부탁드리겠습니다."

*　　　*　　　*

소닉 레코드 대표인 이와구치 료헤이는 욕심이 많은 자였다.

그래서인지 만족을 몰랐다.

"고바야시 시치코는 잠재력이 뛰어납니다. 다만 홍보가 부족해서 아직 뜨지 못했을 뿐입니다. 만약 대중들에게 고바야시 시치코의 장점인 가창력을 제대로 알릴 수 있는 기회가 주어지기만 한다면……."

소닉 레코드 소속 가수들에게 NCK 방송국의 대표 가요 프로그램인 홍백 가요전에서 특별 무대를 마련해 주는 대가로 cm엔터테인먼트와 손을 잡지 않는 것.

이것이 이와구치 료헤이와 이토 겐지의 거래 조건이었다.

하지만 이와구치 료헤이는 거기에서 만족하지 않고 자신을 상대로 더 많은 것을 얻어 내려 하고 있었다.

"그래서… 대표님께서 원하시는 게 뭡니까?"

"고바야시 시치코가 홍백 가요전에 출연할 수 있는 기회를 주십시오."

"이유는요?"

"아까워서입니다. 아까 말씀드렸듯이 잠재력이 큰 신인 가수인데 제대로 된 기회를 얻지 못하고 있는 게 너무 아깝고 미안합니다. 그래서 염치 불고하고 이렇게 부탁을 드리려는 겁니다."

이와구치 료헤이는 진심으로 미안한 표정을 짓고 있었다.

하지만 이토 겐지는 속지 않았다.

'불륜!'

이미 그가 고바야시 시치코라는 신인 가수를 밀어주려는 진짜 이유를 조사를 통해서 알아낸 후였기 때문이었다.

'넌덜머리가 나는군!'

이토 겐지가 한숨을 내쉬었다.

멀리 보지 못하고 눈앞의 이익과 욕망만 추구하는 이들을 계속 상대하다 보니 답답하기 그지없었다.

그래서 정신 좀 차리고 살라고 호통을 치고 싶은 것을 꾹 눌러 참고 이토 겐지가 입을 뗐다.

"어려운 부탁은 아니군요. 출연 기회를 만들어 드리겠습니다."

"아, 정말입니까?"

"단, 더 이상은 안 됩니다. 여기서 더 욕심낸다면… 저도 계속 끌려다니지 않을 겁니다."

"물론입니다. 저도 염치가 있는 인간입니다."

이와구치 료헤이는 지체 없이 대답했다.

하지만 이토 겐지는 이번에도 그의 말을 신뢰하지 않았다.

시간이 지나면 이와구치 료헤이가 또 다른 요구를 해 올 가능성이 높다는 것 정도는 이토 겐지도 인지하고 있었다.

'그때는 나도 가만히 지켜보지만은 않을 테니까.'

"그럼 다시 연락드리겠습니다."

이토 겐지가 속으로 생각하며 자리를 정리했다. 그리고 이와구치 료헤이가 먼저 떠나고 혼자 남겨진 순간, 이토 겐지가 긴 한숨을 내쉬었다.

"이제… 끝난 셈인가?"

일본을 휩쓴 한류 열풍의 시발점은 바로 조보안의 일본 진출이었다.

그것을 막기 위해서 일본 음반 회사 대표들을 일일이 만나서 밑 작업을 하는 것을 마친 상황.

이토 겐지가 피곤함을 느끼며 식어 버린 녹차를 마셨다.

그동안의 노력 덕분에 조보안의 일본 진출을 막아 세웠음에도 불구하고, 이상하게 불안감이 떠나지 않았다.

그 이유에 대해 고민하던 이토 겐지가 떠올린 것은… 서진우였다.

"왜 이렇게 조용하지?"

이상하리만치 움직임이 없는 서진우로 인해 불안감을 느끼던 이토 겐지가 고개를 가로저으며 혼잣말을 꺼냈다.

"아무리 그라고 해도 마땅한 수가 없을 테니까."

*   *   *

꿀꺽.

소주는 무척 썼다.

식도를 타고 넘어가는 열기를 느끼며 송교창이 두 눈을 질끈 감았다.

"개인적으로는 송 감독님의 연출 스타일을 좋아해요. 그런데 과연 이번 작품과 맞을지는 확신이 안 서네요. 조금만 더 고민해 보고 연락드릴게요."

감독 면접을 볼 당시, 이현주 대표가 꺼냈던 이야기.

그리고 좀 더 고민해 보고 연락을 준다고 그녀는 말했다.

하지만 면접을 본 후 벌써 일주일이란 시간이 흘렀음에도 불구하고 이현주 대표에게서 연락이 오지 않았다. 그리고 송교창은 면접 당시에 이미 그녀가 자신을 선택하지 않을 거란 직감을 받았다.

"마지막 기회였는데."

송교창이 깊은 한숨을 내쉬었다.

지이잉, 지이잉.

답답한 마음을 이기지 못하고 소주병을 들어서 잔을 막 채웠을 때, 탁자 위에 올려 둔 커다란 휴대 전화가 몸을 떨었다.

'받아? 말아?'

송교창이 선뜻 휴대 전화를 집어 들지 못하고 망설였다.

궁지에 몰릴 대로 몰려서 사채를 썼고, 이자를 제때 내지 못했다는 이유로 사채업자들에게서 수시로 협박을 받고 있는 상황이었기 때문이었다.

"계약금 받으면 사채 빚부터 갚으려고 했는데."

송교창이 결국 전화를 받지 못하고 두 번째 잔을 비웠을 때였다.

"이 새끼가 내 전화를 씹네."

"……."

"전화 안 받을 거면 그 전화기는 왜 들고 다니는 거야? 폼이야? 영화 감독이라고 폼 잡으려고 전화기 산 거야?"

포장마차로 검정색 정장을 입고 각두기 머리를 한 세 명의 남자들이 들어오며 한껏 비아냥댔다.

"빌어먹을!"

가장 우려했던 일이 벌어졌다는 것을 알아챈 송교창이 눈살을 찌푸린 채 물었다.

"내가 여기 있는 건 어떻게 안 거야?"

"냄새가 나거든."

"냄새? 무슨 냄새?"

"빚쟁이 냄새."

"……?"

"아주 지독한 냄새가 풍기길래 찾을 수 있었지. 그리고 그 냄새는 평생 안 떨어져. 이게 무슨 소린지 알아? 넌 우리 돈 갚기 전에는 평생 도망 못 간다는 뜻이야."

우득, 우두둑.

건달들이 몸을 풀 듯 좌우로 목을 꺾는 것을 확인한 송교창이 재빨리 주변을 살폈다. 그리고 포장마차 주인아주머니 쪽으로 달려가며 소리쳤다.

"사장님, 칼!"

"네?"

"빨리 칼 좀 빌려 달라고요!"

놀란 주인이 눈만 껌벅거리는 사이, 송교창이 주인의 손에 들려 있던 식칼을 뺏었다.

"이 새끼들아! 갚을 거야. 일주일만 기다리면 내가 계약금 받아서 원금에 이자까지 싹 갚는다고 그랬잖아!"

송교창이 위협하듯 식칼을 들어 올리고 소리쳤다. 그러나 건달들은 겁을 집어먹긴커녕 코웃음을 쳤다.

"그러다가 다친다."

"내 말이. 이 칼 보이지? 어차피 이판사판이야. 그러니까 칼에 찔려서 죽기 싫으면 빨리 꺼져. 돈은 금방 갚을 테니까……."

"일주일만 더 달라. 일주일만 더 주면 계약금 받아서 싹 갚는다. 그 말 벌써 네 번이나 들었어. 한 달째 똑같은 소리만 하고 있다고."

"이번엔 진짜야. 얼마 전에 제작자랑 면접도 봤어. 너희는 모르겠지만 이현주 대표라고 진짜 유명한 영화 제작자야. 그러니까……."

"몰라, 이 새끼야."

"……"

"이현주가 유명한지 어떤지는 관심 없어. 그 여자가 너 대신 돈 갚아 줄 것도 아니니까. 헛소리 관두고 우리 돈이나 갚으세요."

"갚을 거라니까."

"지랄을 하세요."

건달들은 자신의 이야기를 들을 생각도 하지 않았다.

"뭐 하고 있냐? 빨리 저 샌님 손에서 칼 뺏고 끌고 가자."

우두머리로 보이는 건달이 지시하는 것을 들은 송교창이 움찔하며 소리쳤다.

"날 어디로 끌고 가겠다는 거야?"

"돈을 만들러 가야지."

"뭐?"

"암만 봐도 돈 나올 구멍이 안 보이는 사이즈거든. 그러니까 밑천이라도 털어야지."

"밑천을 턴다니?"

"배 속에 있는 장기 말이야. 그게 네 밑천이지. 신장 하나만 떼면 얼추 이자는 해결이 될 것 같다."

송교창의 낯빛이 핼쑥해졌다.

사채를 빌릴 당시에 신체 포기 각서를 썼던 것이 퍼뜩 떠올랐기 때문이었다.

"아까 내가 했던 말 진짜야. 진짜 일주일만 기다리면 계약금 받아서……."

"그 칼부터 내려놓으세요."

"씨발, 아직 내 얘기 안 끝났다고. 그러니까 내 얘기 끝까지 들으라고. 그리고… 내가 칼 내려놓으라고 하면 시키는 대로 순순히 내려놓을 것……."

궁지에 몰려서 악다구니 쓰듯 소리치던 송교창이 도중에 입을 다물었다.

아까 식칼을 내려놓으라고 말한 게 건달들이 아니란 사실을 뒤늦게 알아채서였다.

'누구지?'

그 말을 꺼낸 청바지에 티셔츠를 입고 있는 앳된 얼굴의 사내를 향해 송교창이 의아한 시선을 던지고 있을 때였다.

"알고 계시죠?"

사내가 물었다.

"뭘 알고 있냐는 거야?"

"앞으로 일주일이 더 지나도 달라질 게 없다는 것."

"……?"

"감독 면접에서 떨어졌다는 것, 송 감독님도 이미 알고 계시잖아요."

악귀처럼 표정을 일그러뜨리고 있던 송교창이 사내에게 물었다.

"당신 누구야?"

"레볼루션필름 대표 서진우라고 합니다."

'서진우?'

서진우란 이름은 낯설었다.

그렇지만 레볼루션필름이란 제작사 이름은 익숙했다.

이현주 대표가 이끄는 유니버스필름과 공동 제작을 해서 여러 편의 히트작을 배출한 제작사가 레볼루션필름이란 사실을 잘 알고 있어서였다.

"정말… 당신이 레볼루션필름 대표야?"

그럼에도 송교창이 이런 질문을 던진 이유.

영화 제작사 대표라기에는 서진우의 외모가 너무 앳돼 보여서였다.

"명함이라도 드릴까요?"

"그게……."

"딱 봐도 명함 드릴 분위기는 아닌 것 같고. 얼마 전에 유니버스필름에 찾아가서 이현주 대표를 만나고 왔어요. 면접 최종 후보로 임준경 감독과 이하나 감독, 그리고 송교창 감독님이 올랐다고 하더군요. 그래서 결정을 내렸냐고 물었더니 이현주 대표는 이하나 감독을 선택했더군요."

입안이 지독하게 썼다.

면접에서 탈락할 것을 이미 짐작하고 있었다.

그렇지만 자신이 면접에서 탈락했다는 사실을 서진우의 입을 통해서 직접 듣고 나자 절망적이었다.

'맞네.'

유일한 소득은 지금 눈앞에 서 있는 앳돼 보이는 외모의 서진우가 레볼루션필름 대표라는 것을 확인한 것이었다.

방금 그의 입에서 흘러나온 정보들은 레볼루션필름 대표가 아니면 알 수 없는 정보들이었으니까.

"이 새끼, 그럴 줄 알았어. 어디서 구라를 쳐? 야, 더 듣고 있을 필요도 없으니까 얼른 끌고 가."

그때 건달이 소리쳤다.

'엿 됐다!'

거짓말을 했다는 것이 들통난 상황.

진짜 이대로 끌려가서 신장을 떼일 수도 있다는 위기감에 휩싸인 송교창이 식칼을 다시 들어 올리며 소리쳤다.

"오지 마. 어차피 이판사판인 마당이야. 다 죽여 버리고 나도 여기서 죽어 버릴 거야."

"송 감독님, 그만하고 칼 내려놓으시죠."

"칼 내려놓으면? 당신이 해결해 줄 거야?"

"네."

"뭐?"

"일단 그 칼부터 내려놓으시면 제가 해결해 드리겠습니다."

예상치 못했던 대답을 들은 송교창이 두 눈을 치켜떴다.

"어떻게 해결해 준다는 거야?"

"이 사람들 사채업자 맞죠?"

"그래."

"간단하네요. 사채업자들에게 빌린 돈을 갚으면 해결될 것 아닙니까?"

서진우가 방금 꺼낸 해법.

간단하지만 틀린 해법은 아니었다.

돈만 갚으면 다 해결될 문제이기는 했다.

하지만 가장 어려운 문제이기도 했다.

"사채 빚이 얼마나 됩니까?"

그때 서진우가 다시 질문했다. 그리고 이번 질문은 자신에게 한 것이 아니었다.

건달들에게 한 질문이었다.

"진짜 저 새끼 빚을 그쪽이 대신 갚을 거야?"

"일단 사채 빚이 얼마나 되는지 들어 보고요."

"원금 천오백에 이자까지 해서 대충 삼천 정도 돼."

"대충 말고 정확히 얼마입니까?"

"이천팔백."

"일단 알겠습니다. 시간 좀 있습니까?"

"시간 있냐고? 갑자기 그건 왜 물어?"

"돈을 구해 오려면 시간이 좀 걸릴 것 같은데. 당신들이 그
때까지 기다릴 수 있는가 해서요."

"얼마나 기다리면 되는데?"

"삼십 분 정도면 충분할 것 같습니다."

"그 정도는… 기다릴 수 있지."

"그럼 기다려 주시죠."

건달들과 대화하던 서진우가 휴대 전화를 꺼내서 누군가에
게 전화했다.

'뭐가 어떻게 돌아가는 거야?'

잔뜩 긴장한 채 그 일련의 과정을 지켜보던 송교창의 머릿
속이 뒤죽박죽으로 변했을 때였다.

"송 감독님, 기다리는 동안 저와 술 한잔하시죠."

*   *   *

"자, 한 잔 받으세요."

달달달.

빈 소주잔을 들어 올리고 있는 송교창의 손은 수전증 환자처럼 떨렸다. 그리고 조금 떨어진 탁자에 앉아서 째려보고 있는 건달들을 두려운 기색으로 힐끔거리며 살피는 것을 확인한 내가 말했다.

"나가서 기다리세요."

"뭐?"

"밖에 나가서 기다리라고 했습니다."

"이 새끼가 우리가 누군지 모르나 본데……."

"돈 받기 싫어요?"

"……."

"돈 받아서 가려면 밖에 나가서 얌전히 기다리세요."

돈을 받아서 가는 것이 우선이라고 판단한 걸까.

"약속 안 지키면 둘 다 뒈질 줄 알아!"

콰앙!

위협할 요량으로 주먹으로 탁자를 내려친 후 건달들이 우르르 밖으로 나갔다.

"이제 됐죠?"

여전히 떨리는 손으로 소주잔을 움켜쥐고 있는 송교창의 빈 잔에 소주를 따라 주었다.

"서진우 씨는… 무섭지 않습니까?"

"송 감독님은 저들이 무서우세요?"

"그야 당연히……."

"이렇게 두려워할 거면서 왜 사채를 쓰신 겁니까?"

"그때는… 선택의 여지가 없었습니다."

송교창이 겁먹은 표정으로 꺼낸 대답을 들은 내가 말했다.

"아까 이야기한 대로 제가 대신 사채 빚을 갚아 드리겠습니다. 일단은… 계약금이라고 생각하시죠."

"계약금… 이요?"

"네."

"하지만… 아까 감독 면접에서 탈락했다고 말씀하셨지 않습니까? 혹시 거짓말을 하셨던 겁니까?"

"그건 아닙니다."

"그런데 어떻게……?"

"저와 같이 다른 작업을 한번 해 보시죠."

"네? 무슨 작업을 하자는……?"

송교창은 질문을 마치지 못했다.

"후배, 무슨 일이야?"

아까 연락했던 조동재가 포장마차 휘장을 걷고 들어왔기 때문이었다.

"오셨습니까?"

"다른 사람이 부르면 안 왔을 거야. 그런데 후배가 부르는데 당연히 와야지."

이강희와의 소개팅을 주선한 후 조동재가 날 대하는 태도는 백팔십도 변했다.

"무슨 일 있어? 왜 부른 거야?"

"사채업자들이 찾아와서요."

"사채업자? 혹시 사채 썼어?"

"아니요."

"그럼?"

"일단 인사부터 하시죠. 송교창 감독님입니다."

"아, 영화 감독님이시구나. 반갑습니다. 저는 서부지검에서 근무하는 검사 조동재라고 합니다."

조동재는 평소와 달리 깍듯하게 예의를 갖춰서 인사했다.

"송교창이라고 합니다."

"우리 강희 씨 좀 잘 부탁드리겠습니다."

'이거였네.'

평소답지 않게 유독 깍듯하게 예의를 갖춰 인사하는 이유를 알아챈 내가 희미한 웃음을 머금은 채 말했다.

"제가 아니라 여기 계신 송 감독님이 사채를 좀 썼습니다."

"아이고, 어쩌다가 사채를 쓰셨습니까?"

"죄송합니다. 사정이 급해서……."

"저한테 죄송할 일은 아닌데. 어쨌든 아무리 사정이 급해도 가급적이면 사채는 쓰지 마셨어야죠."

"제가 실수했습니다."

"알면 됐습니다."

"네?"

"한 번 실수는 병가지상사라는 말도 있지 않습니까? 실수했다는 걸 아셨으니까 다음부터 실수 안 하시면 되죠."

"아, 네."

송교창 감독과 대화하던 조동재가 내게 고개를 돌리며 물었다.

"송 감독님 문제를 해결해 주면 되는 거야?"

"맞습니다."

"그 새끼들, 어딨어?"

"밖에서 기다리고 있습니다."

"오케이. 어떻게 하면 돼? 싹 잡아넣어?"

"아니요."

"그럼?"

"이자 제하고 원금만 갚게 해 주십시오."

"정말? 그 정도로 되겠어?"

"네. 그 정도면 됩니다."

"알았어. 잠깐만 기다려."

바지 주머니에 양손을 찔러 넣은 채 조동재가 밖으로 나갔다.

그리고 둘만 남겨진 순간, 송교창 감독이 물었다.

"정말… 검사님이십니까?"

"네. 저와 친분 있는 검사님인데 아주 실력이 뛰어난 분입니다. 금방 일 처리를 마쳐 주실 겁니다."

잠시 후 내가 장담한 대로 상황이 흘러갔다.

* * *

"얼른 들어와."

조동재가 먼저 포장마차 안으로 들어오고, 뒤이어 건달들이 따라서 우르르 안으로 들어왔다. 그리고 포장마차 안으로 들어오는 건달들의 태도는 아까와 확 바뀌어 있었다.

한층 공손하게 변했달까.

"거기 앉아."

"……."

"전부 귓구멍이 처막혔냐? 앉으라고. 이 새끼들아!"

조동재 검사가 언성을 높이자, 눈치를 살피던 건달들이 앞다투어 빈 탁자에 앉았다.

그 모습을 확인한 후 조동재 검사가 상황 설명을 시작했다.

"상곤이 쪽 애들이네."

"상곤이요?"

"배상곤이라고. 오락실이랑 돈놀이 자잘하게 하는 놈 있어. 그리고 이 새끼들은 상곤이 똘마니들이고."

"아, 네."

"내가 상곤이한테 전화 한 통 때리면 원금에 이자까지 싹 해결할 수 있을 것 같은데. 그렇게 해 줘?"

조동재 검사가 제안했지만 난 고개를 가로저었다.

"돈을 빌린 건 사실이니까 갚아야죠. 그래야 상곤이란 사람도 원한을 품지 않을 것 아닙니까?"

"그렇긴 하지."

"단 터무니없이 비싼 이자가 아니라 합리적인 이자로요."

"그거야 당연히 그래야지."

조동재 검사가 고개를 끄덕이며 칭찬을 퍼부었다.

"우리 후배는 잘나기만 한 게 아니라 상도덕도 갖췄네. 아주 마인드가 훌륭해."

"일단 계산부터 마치겠습니다."

"그러자고."

조동재 검사가 눈치 빠르게 나섰다.

"계약서 꺼내."

"네? 네."

건달들 중 하나가 눈치를 살피며 계약서를 꺼낸 순간, 나도 지갑을 꺼냈다.

"원금이 천오백이라고 했죠?"

"그렇습니다."

난 지갑에서 천만 원짜리 수표 한 장과 백만 원짜리 수표 다섯 장을 꺼내서 탁자 위에 올려놓았다.

"그리고 이자는 백만 원 정도면 적당하지 않을까요?"

"그게……."

돌아가서 배상곤에게 치도곤을 당하는 것이 두려운 걸까.

건달이 눈치를 살피며 말끝을 흐린 순간, 조동재 검사가 나섰다.

"그냥 이자 받지 말래?"

"아닙니다!"

"자, 여기 있습니다."

백만 원짜리 수표 한 장을 더 꺼내서 탁자 위에 올려놓은 내가 앞으로 손을 내밀었다.

"이제 계약서 주시죠."

"네? 네."

부우욱.

건달에게서 계약서를 건네받은 내가 바로 찢어 버렸다.

"자, 이제 다 끝난 겁니다."

"알겠습니다."

"그럼 이제 돈 챙겨서 어서 가시죠."

건달들이 재빨리 탁자 위에 올려놓은 수표를 챙겼다. 그리고 도망치듯 포장마차를 빠져나가는 건달들을 향해 조동재 검사가 말했다.

"상곤이한테 안부 전해라."

"네?"

"서부지검 조동재 만났다고 하면 상곤이도 별말 안 할

거야.”

“알겠습니다. 꼭 안부 전하겠습니다. 그리고… 감사합니다.”

“뭘 또 감사씩이나.”

조동재 검사가 픽 웃는 사이 건달들이 사라졌다.

“강희 씨가 선배님에게 반한 이유가 있네요.”

“응?”

“건달들 걱정까지 살뜰하게 해 주시는 다정한 면모에 반한 것 같습니다.”

“내 외모가 좀 험악해서 그렇지. 나도 알고 보면 마음이 따뜻한 사람이라고.”

“소주 한잔하시겠습니까?”

내가 묻자 조동재 검사는 고개를 가로저었다.

“같이 술 마시고 싶어서 죽겠는데 안 돼. 들어가서 처리해야 할 사건 서류들이 산더미처럼 쌓였어.”

“그럼 어쩔 수 없네요. 오늘 감사했습니다.”

“뭘 이런 걸 갖고……”

“보답은 꼭 하겠습니다.”

“응?”

“제가 상도덕이 좀 있는 편이거든요.”

내가 웃으며 말하자, 조동재 검사가 흥미를 드러냈다.

“이래서 지검장님이 후배를 좋아하는구만. 그래, 나한테는 무슨 보답을 해 줄 건데?”

"강희 씨를 한류 스타로 만들어 드리죠."

"우리 강희 씨를?"

"네."

"검사 앞에서 구라 치면 안 된다."

"제가 검사 앞에서 빈말할 정도로 배짱이 두둑하지 않습니다."

"좋네. 아주 좋아."

"그럼 들어가십시오."

"오케이. 또 보자고."

조동재 검사가 기분 좋게 떠나고 둘만 남겨진 순간, 송교창이 물었다.

"아까 말씀하신 강희 씨가⋯ 혹시 배우 이강희 씨를 말하는 겁니까?"

"네, 맞습니다."

"그런데 검사님은 왜 우리 강희 씨라고 부르는 겁니까?"

"두 사람이 사귀는 사이거든요."

"네?"

"사귀는 사이라고 했습니다."

조동재 검사와 이강희는 반쯤 공개 연애를 하는 사이였다.

서로 시간이 맞을 때마다 만나서 밥을 먹거나 차를 마시곤 했으니까.

다만 두 사람 모두 워낙 바쁜 탓에 만날 기회가 적은 데다가, 조동재 검사의 인상이 워낙 험한 탓에 두 사람이 만나는 장면을 목격한 이들도 배우와 매니저, 혹은 배우와 경호원 사이라고 지레짐작한 탓에 아직 열애설이 터지지 않은 상황이었다.

게다가 이강희가 열애설이 터진다고 해도 상관없다고 이미 말했기에 난 두 사람이 사귀는 사이라고 솔직하게 알려 준 것이었다.

"에이, 설마요."

그렇지만 송교창은 순순히 믿지 않았다.

"농담이시죠?"

"왜 농담이라고 생각하신 겁니까?"

"그야… 워낙 안 어울리니까요."

"이룹니다."

"네?"

"조동재 검사님의 인상이 워낙 험악해서 이강희 씨와 사귀는 사이라고 말해도 송 감독님이 곧이곧대로 믿지 않았다. 아까 만난 조동재 검사님에게 이렇게 알려 줘도 됩니까?"

"…정말 사귀는 거로군요."

"저는 거짓말을 하지 않습니다."

두 사람이 진짜 사귄다는 사실을 알고 나서 놀란 표정을 감추지 못하던 송교창이 다시 입을 뗐다.

"꼭… 귀신에 홀린 것 같습니다."

"꿈 아니라 현실입니다."

"알고 있습니다. 아까 허벅지를 꼬집어 봤거든요. 눈물이 날 정도로 아팠습니다. 그런데… 정말 다 끝난 겁니까?"

아까 내가 눈앞에서 사채 계약서를 찢어 버리는 것을 확인했음에도 불구하고 송교창은 여전히 믿기지 않는다는 표정이었다.

그런 그에게 내가 말했다.

"아직 다 끝난 것 아닙니다."

"네? 그럼 또 뭐가 남은 겁니까?"

"송 감독님의 빚이 사채업자에게서 제게로 넘어왔죠."

"……?"

"제가 송 감독님의 사채 빚을 대신 갚아 드렸으니까 이제 저한테 그 빚을 갚으셔야죠."

송교창의 표정이 딱딱하게 굳어지는 것을 확인한 내가 덧붙였다.

"너무 어렵고 심각하게 받아들이실 필요는 없습니다. 저는 사채업자가 아니니까요."

"하지만……."

"그냥 계약서를 하나 쓰시죠."

"네?"

"제가 미리 계약서를 준비해 오지 못했으니까 대신 노트에 간략하게나마 내용을 작성하고 서명을 하는 간이 계약서를 작성하는 것, 어떻습니까?"

"연출 계약을 맺자는 말씀이십니까?"

"맞습니다."

"왜입니까? 왜… 하필 저와 연출 계약을 맺으시려는 겁니까?"

송교창은 연출 계약을 체결하자는 제안을 바로 수락하지 않았다.

오히려 질문을 던졌다.

'당신이 최고의 감독이니까.'

그 질문에 대한 내 대답이었다.

하지만 이렇게 대답하면 되레 그의 의심이 더 깊어질 거란 우려가 들어서 난 다른 대답을 꺼냈다.

"아까 이현주 대표를 만났다고 말씀드렸죠? 그 후에 바로 저와 친분이 있는 투배사 직원을 찾아갔습니다. 그리고 '불사조'란 작품의 제작 과정에 대해서 알아봤습니다."

"망한 작품인데… 더 알아볼 게 뭐 있습니까?"

본인의 입봉작인 '불사조'가 화제에 오르자 송교창의 얼굴이 붉게 달아올랐다.

부끄럽거나 수치스러워서가 아니었다.

그의 얼굴이 달아오른 이유는 분노 때문이었다.

"명색이 영화 제작자인데 '불사조'가 흥행 참패를 기록했다는 것은 저도 이미 알고 있습니다. 그걸 알아보기 위해서 굳이 친분 있는 투배사 직원을 찾아갈 이유가 없다는 뜻이죠. 제가 알아보려 한 것은… 흥행 참패의 이면에 있는 숨은 진실이었습니다."

"숨은 진실이요?"

"제가 만났던 투자 배급사 직원의 말에 의하면 '불사조' 제작 과정에서 갑질이 심했다고 하더군요."

"당시에 갑질이 없었다고는… 말씀드리지 못하겠네요."

"완전히 다른 작품이 됐던데요?"

"네?"

"송교창 감독님이 직접 쓰신 '불사조' 시나리오 초고를 구해서 읽어 봤습니다. 그리고 개봉작도 봤고요. 시나리오 초고와 촬영고는 완전히 다른 작품이라고 해도 과언이 아닐 정도로 많이 달랐다는 뜻입니다. 그래서 많이 아쉬웠습니다."

"왜 아쉬웠다는 겁니까?"

"제가 읽었던 '불사조' 시나리오 초고는 무척 재미있었거든요. 아, 참고로 제가 시나리오를 직접 쓴 적도 있습니다."

"어떤 작품을……?"

"'텔 미 에브리씽'이 제가 직접 쓴 시나리오입니다."

내가 '텔 미 에브리씽'이란 작품의 각본을 썼다고 자랑하기 위해서 꺼낸 말이 아니었다.

'불사조' 시나리오 초고가 무척 재밌고 잘 쓴 시나리오였다는 아까 내 이야기에 대한 신뢰를 심어 주기 위해서 꺼낸 이야기.

그런 내 의도는 통했다.

"정말 서 대표님이 '텔 미 에브리씽' 시나리오를 집필하셨습니까?"

"네."

"대단하시네요."

"자랑하기 위해서 드린 말씀이 아닙니다. 시나리오를 보는 안목 정도는 갖추고 있다는 말씀을 드리고 싶었던 겁니다."

날 보는 송교창 감독의 눈빛이 바뀌었다는 것을 확인한 후 다시 말했다.

"시나리오 초고와 촬영고가 이렇게까지 달라졌다는 것, 투배사의 간섭이 심했기 때문이라고 생각하는데 맞습니까?"

"네, 간섭이 심했습니다."

"이유는 무엇이었습니까?"

"결국 돈 때문이었습니다."

"……?"

"제가 쓴 시나리오 초고대로 촬영을 한다면 제작비가 50억에 육박했을 겁니다. 그런데 투배사에서는 제작비를 20억에 맞추라고 지시했습니다. 그래서 시나리오 수정을 많이 거칠 수밖에 없었죠."

송교창 감독의 이야기를 듣던 중 난 고개를 갸웃했다.

이현주 대표와 대화하던 도중에 '불사조'의 제작비가 30억을 넘겼다는 이야기를 들었었기 때문이었다.

"제가 알고 있는 내용과는 조금 다르네요."

"어떤 부분이 다르다는 겁니까?"

"저는 '불사조'의 제작비가 30억이 넘는 걸로 알고 있거든요."

"서 대표님이 잘못 알고 계신 겁니다. 50억에서 30억, 다시 20억으로 내려갔습니다. 그 과정에서 기사들이 여러 차례 나왔고, 그래서 오해하거나 착각하신 걸 겁니다. 연출을 맡았던 제가 속사정을 가장 잘 알지 않겠습니까?"

송교창 감독의 말이 옳았다.

'불사조'의 제작 과정에 대해서 가장 잘 알고 있는 사람 중한 명이 당시 연출을 맡았던 그였다.

그러니 '불사조'의 제작비는 20억이 맞을 것이었다.

"그때 저는 신인 감독이었습니다. 투배사의 요구나 지시를무시할 수 있는 입장이 아니었습니다."

"이해합니다."

"마음 같아서는 '불사조'의 연출을 포기하고 싶었습니다. 하지만… 그럴 용기가 없었습니다. 이 기회를 놓치고 나면 또 언제 연출을 맡을 기회가 찾아올지 확신이 서지 않았기 때문이었습니다."

당시의 아픈 기억이 떠올라서일까.

침통한 표정으로 소주를 마시는 그를 향해 내가 말했다.

"이번에는 소신껏 한번 해 보시죠."

"네?"

"절대 간섭하지 않을 테니까 송 감독님이 원하시는 대로 한 번 작품을 찍어 보란 뜻입니다."

"진심… 이십니까?"

"네. 돈은 얼마가 들든 상관없습니다. 최고의 퀄리티로 작품을 찍어 주시기만 하면 됩니다."

내 제안을 들은 송교창 감독의 두 눈에 생기가 돌기 시작했다.

그런 그에게 내가 덧붙였다.

"같이 한번 세상을 발칵 뒤집어 보시죠."

＊　　　　＊　　　　＊

오래간만에 채동욱의 집 앞으로 찾아갔다.

주차를 마치고 채수빈이 나오길 기다리던 내가 손목시계를 살폈다.

"좀… 늦네."

원래 만나기로 했던 약속 시간보다 이십 분가량 시간이 흘렀음에도 채수빈은 아직 모습을 드러내지 않았다.

그래서 전화를 해 볼 요량으로 휴대 전화를 들어 올렸을 때였다.

현관문을 열고 채수빈이 나왔다.

"와아!"

교복을 벗고 하늘색 원피스를 입고 등장한 채수빈을 발견한 내 입에서 부지불식간에 감탄성이 흘러나왔다.

곱게 화장까지 하고 나온 채수빈에게서는 말 그대로 후광이 비쳤다.

'이래서 늦었구나.'

한껏 꾸미고 치장하느라 그녀가 조금 늦었다는 사실을 내가 알아챘을 때였다.

"선생님, 저 이상하죠?"

"아냐. 하나도 안 이상해."

"촌스러운 것 아니에요?"

"촌스럽긴. 너무 예쁘다."

"정말요?"

"하마터면 못 알아볼 뻔했어."

내 칭찬을 듣고 나서야 채수빈은 안심한 기색으로 환하게 웃었다.

'국민 여동생의 귀환이네. 아니, 국민 여동생의 등장이라고 표현하는 게 더 맞는 건가?'

내가 속으로 생각하고 있을 때였다.

채수빈이 다가와 팔짱을 끼며 말했다.

"사실 어제 한숨도 못 잤어요."

"왜? 무슨 일 있었어? 어디 아팠어?"

"첫 데이트를 앞두고 너무 설레어서요."

"아!"

"우리 어디로 가는 거예요?"

'만족하려나?'

그동안 수험생 생활을 보내느라 고생한 채수빈을 위해서 나름대로 준비한 데이트 코스가 있었다.

그렇지만 이렇게 잔뜩 설레 하며 기대하는 채수빈을 확인하니 만족시킬 수 있을지 자신이 없었다.

"너무 기대는 하지 마."

"기대 안 해요."

"응?"

"제가 책에서 봤는데 첫 데이트에 대한 기대가 크면 실망도 크다고 하더라고요. 그래서 기대하지 않기로 했어요."

"좋은 자세야."

"그렇죠?"

"그래도… 조금은 기대해도 괜찮아."

조수석 문을 열자 채수빈이 차에 올라탔다.

잠시 후 우리 두 사람을 태운 차가 도착한 목적지는 연예 기획사 '블루윈드'였다.

"들어가자."

"여긴……."

'블루윈드' 간판을 확인한 채수빈이 두 눈을 빛내며 물었다.

"왜 온 거예요?"

"계약서 써야지."

"계약서… 요?"

채수빈이 놀란 표정을 지은 순간이었다.

"서 이사님, 오셨네요."

신대섭이 주차장까지 내려와서 인사했다.

"네, 왜 주차장까지 내려와 계신 겁니까?"

"궁금해서요."

"네?"

"서 이사님이 워낙 칭찬을 많이 하지 않았습니까? 그래서 연예계를 발칵 뒤집어 놓을 원석이 궁금해서 못 참겠더군요."

신대섭이 이야기를 마친 순간, 채수빈이 물었다.

"설마 저분이 말씀하시는 연예계를 발칵 뒤집어 놓을 원석이… 저는 아니죠?"

"수빈이 너, 맞는데."

"네? 왜 그런 말씀을……."

"내가 보기엔 수빈이가 연예계를 발칵 뒤집어 놓을 원석임이 틀림없거든. 일단 인사부터 하자. 이분은 '블루윈드' 신대섭 대표님이야."

내가 신대섭을 소개하자, 채수빈이 두 눈을 동그랗게 떴다.

"아, 이분이 신대섭 대표님이세요?"

"저를 알아요?"

"네. 선생님께 말씀 많이 들었어요."

"선생님… 이요?"

"아, 선생님이 제 과외를 해 주셨거든요."

"그럼 아직 학생인가요?"

"네, 이번에 대학생이 됐습니다."

"실례가 안 된다면 어느 대학에 진학했는지 물어도 될까요?"

"선생님 후배가 됐어요."

"서진우 씨 후배라면… 이번에 한국대학교에 진학했다는 건가요?"

"네, 맞습니다. 채수빈이라고 합니다."

놀란 기색을 감추지 못하는 신대섭에게 내가 물었다.

"계속 여기서 이야기하실 겁니까?"

"아, 제가 실수했네요. 어서 사무실로 올라가시죠."

잠시 후, 대표실에 도착한 우리가 대화를 이어 나갔다.

"아까 서 이사님에게 제 이야기를 많이 들었다고 하셨죠?"

"네."

"서 이사님이 저에 대해서 뭐라고 하던가요?"

"아주 능력 있는 대표님이라고 하셨어요. 그리고… 연예계에서는 보기 드물게 신의가 있는 분이라 믿을 수 있는 분이라고 말씀하셨어요."

"이거 부담이 팍 되는데요."

멋쩍게 웃는 신대섭에게 내가 말했다.

"수빈이한테 신경 많이 써 주셔야 합니다."

"당연히 신경 써야죠. 그런데……."

"그런데 뭡니까?"

"두 분은… 어떤 사이입니까?"

"아까 들으셨잖습니까? 과외 선생과 제자의 관계라고 말씀
드렸는데……."

"그게 다가 아닌 것 같아서요."

"네?"

"좀 더 가까운 사이처럼 느껴지거든요. 제가 오해한 건가
요?"

이 질문에 대한 답은 내가 아니라 채수빈이 했다.

"제가 선생님을 좋아해요."

그 대답을 들은 신대섭이 놀란 표정을 지었다.

"그렇군요. 일단… 알겠습니다. 그나저나 요즘 들어서 '블루
윈드'와 한국대학교의 인연이 깊은 것 같네요."

"무슨 뜻입니까?"

"실은 얼마 전에도 한국대학교 재학생이 프로필 사진을 들
고 찾아왔었거든요. 그런데 수빈 양도 곧 한국대학교에 진학
한다고 했으니까 한국대학교와의 인연이 계속 이어지는 것 아
닙니까? 한국대학교 출신 연예인은 드물어서 더 신기하게 느
껴지네요."

신대섭의 부연을 들은 내가 두 눈을 빛냈다.

"누가 찾아왔었습니까?"

"한국대학교 경영학과에 재학 중인 이태리 씨입니다."

'어?'

이태리가 '블루윈드'로 찾아왔다는 소식을 뒤늦게 알게 된 내가 깜짝 놀랐다.

그렇지만 이내 고개를 끄덕였다.

그녀가 지성과 미모를 두루 갖춘 최고의 여배우가 된다는 사실을 이미 알고 있어서였다.

다만 내가 당황한 이유는 내게 따로 부탁하지 않고 스스로 '블루윈드'로 찾아왔다는 점이었다.

'내가… 너무 무심했네.'

그래서 자책하고 있을 때, 신대섭이 물었다.

"혹시 서진우 씨와 아는 사이입니까?"

"네. 친구입니다."

"그렇군요. 인연이란 게 참 재밌네요."

신대섭이 희미한 웃음을 머금었을 때 내가 물었다.

"참, 지난번에 제가 부탁한 건 알아보셨습니까?"

"아, 네. '한밤의 음악 도시'를 맡고 있는 김중원 피디와 약속을 잡았습니다. 그런데… 갑자기 라디오 프로그램 피디와 만나시려는 이유가 뭡니까?"

"새 코너 제안을 해 보려고요."

"네? 코너 제안이요?"

"'한밤의 음악 도시'에서 가수 오디션을 개최해 볼 계획입니다."

"라디오 프로그램에서 가수 오디션을 개최한다고요?"

"네."

"그런데 왜 굳이 라디오 프로그램에서 가수 오디션을 개최하려는 겁니까?"

"공정성을 위해서요."

영문을 모르겠다는 표정을 짓고 있는 신대섭에게 내가 덧붙였다.

"한마디로 얼굴 안 보고 뽑겠다는 뜻입니다."

*　　　　*　　　　*

"도착했다."

집 앞에 도착했다는 것을 확인한 채수빈이 아쉬운 표정을 지었다.

"벌써 도착했어요?"

"아쉬워?"

"네."

"다행이네."

"뭐가요?"

"아쉽다는 건… 오늘 즐거웠다는 뜻 같아서."

"진짜 좋았어요. 그래서 감사의 의미로 제가 선물 하나 할 게요."

"무슨 선물?"

쪽!

채수빈이 운전석에 앉아 있는 내 뺨에 기습 뽀뽀를 했다.

쿵쾅쿵쾅.

심장이 터질 것처럼 빨리 뛰기 시작한 순간, 채수빈이 황급히 차 문을 열고 내렸다.

"들어갈게요."

후다닥 집으로 뛰어 들어간 채수빈이 기다리고 있던 양미향과 마주쳤다.

"잘 다녀왔어?"

"응."

"그건 뭐야?"

채수빈이 품에 안고 있는 서류 봉투를 바라보며 양미향이 물었다.

"계약서."

"계약서? 그럼 벌써 계약한 거야?"

"아니, 갖고 가서 꼼꼼히 살펴보라고 주셨어."

채수빈이 대답한 순간, 채동욱이 다가왔다.

"아빠가 좀 봐도 될까?"

"그렇지 않아도 아빠한테 부탁하려고 했어."

"응?"

"아빠, 딸 사기당하지 않게 꼼꼼히 살펴봐 줘."

채수빈이 앞으로 내밀고 있는 서류 봉투를 건네받던 채동
욱이 물었다.

"서 선생, 못 믿어?"

"당연히 믿지."

"그런데?"

"아빠랑 선생님은 또 다르잖아."

"……?"

"만약 아빠한테 봐 달라고 부탁하지 않으면 아빠가 서운할
것 아냐?"

채동욱이 채수빈에게 새삼스러운 시선을 던졌다.

채동욱 역시 서진우를 믿고 있었다.

그럼에도 불구하고 자식, 그것도 하나밖에 없는 딸자식의
일이라 걱정되는 마음이 앞서는 것은 어쩔 수 없는 일.

어쩌면 계약서를 자신이 살펴보겠다는 제안을 하면 채수빈
이 내켜 하지 않아 할 수도 있다고 우려했는데.

괜한 우려였다.

'많이 컸구나.'

부모의 걱정하는 마음을 헤아릴 줄 안다는 것.

채수빈이 더 이상 품 안의 자식이 아니라는 증거였다.

잠시 후, 서류 봉투 속 계약서를 꺼내서 살피던 채동욱이 천천히 고개를 끄덕였다.

이미 '밸류에셋' 법무 팀 소속 변호사들을 불러서 연예계 쪽 계약서에 대해서 자세히 알아본 후였다.

그래서 '블루윈드' 측에서 채수빈에게 제시한 조건이 파격적이라고 해도 될 정도로 좋은 조건이란 것을 한눈에 알아볼 수 있었다.

특이한 점은 계약금이 없다는 것.

"계약금이 없구나."

채동욱이 그 점을 지적하자, 채수빈이 생긋 웃었다.

"선생님 말대로네."

"응?"

"아빠가 이 계약서를 살펴보고 난 후에 왜 계약금이 없는지 물어볼 거라고 했거든."

"그랬어?"

"응. 선생님이 아빠가 부자니까 계약금 받지 말라고 했어. 대신 다른 세부 조건들을 더 유리하게 하는 편이 나을 거라고 말했어."

'신경을 많이 써 줬구나.'

서진우가 특별히 신경을 많이 써 줬다는 사실을 새삼 깨달은 채동욱이 흡족한 표정을 지으며 계약서를 돌려주었다.

"이 정도면 됐다."

"정말?"

"그래. 서 선생이 신경 많이 썼구나. 그보다⋯ 데이트는 어땠어?"

"좀 놀랐어."

"왜 놀랐어?"

"선생님이 과외할 때와 일할 때 많이 다르더라고. 이 계약서 작성할 때도 사소한 문구 하나까지 그냥 넘어가는 게 없었어. 그래서 계약서 문구 수정하는 데만 한 시간도 넘게 걸렸어. 그동안 몰랐던 선생님의 새로운 모습을 봤다고 할까? 그래서 좀 놀랐어."

'당연한 거야.'

채동욱이 속으로 대답했다.

서진우가 어린 나이에 큰 성공을 거둔 것, 우연이 아니었다.

일을 함에 있어서 꼼꼼한 것이 최소한의 필수 조건.

비로소 어른들의 세상에 한 발 내딛은 채수빈을 보고 있자니 뿌듯함과 걱정되는 마음이 동시에 들었다.

그때 채수빈이 말했다.

"아빠, 고마워."

"응? 갑자기 왜⋯⋯?"

"전부 다 고마워."

"녀석, 싱겁긴."

채동욱이 채수빈을 품에 안았다.

'이런 날이 올 줄이야.'

뜻대로 되지 않는 것이 자식의 일이었다.

그래서 채수빈이 자신의 기대에 한참 미치지 못하고 자꾸 엇나가려 할 때는 화도 나고 서운하기도 했다.

그렇지만 결국 먼 길을 돌아서 이렇게 반듯하게 커 준 것이 내심 기쁘고 고마웠다.

"오히려 아빠가 고맙다."

채수빈의 등을 두드리며 채동욱이 덧붙였다.

"아빠가 힘 센 것 알지? 그러니까 힘든 일 있으면 언제든지 얘기해. 아빠가 다 해결해 줄 테니까."

*   *   *

"제 명함입니다."

김중원이 서진우가 건넨 명함을 바라보았다.

─ JK미디어 전무 이사 서진우.

그 명함에는 JK미디어 전무 이사라고 적혀 있었다.

'재벌 2세인가?'

자신보다 한참 어려 보이는 서진우가 JK미디어 전무 이사라는 직함을 갖고 있는 것을 확인한 김중원이 속으로 한 생각.

그런 생각을 드러내지 않으며 김중원이 명함에서 시선을 떼며 신중한 표정으로 입을 열었다.

"보내 주신 제안서는 흥미롭게 읽었습니다."

"피디님의 흥미를 잡아끌었다니 다행이네요."

"라디오 프로그램에서 오디션을 연다는 것, 분명 기존에 없었던 포맷입니다. 그래서 흥미를 느꼈죠. 그리고 저만 흥미를 느낀 것이 아닙니다. 저희 프로그램 작가들과 오지영 디제이도 흥미로워했습니다."

"다행이네요."

"다만… 걱정되는 점이 한 가지 있습니다."

"말씀하시죠."

"기존에 없었던 포맷이란 것은 다른 말로 생소한 포맷이란 뜻입니다. 이런 생소한 포맷에 사람들이 과연 흥미를 느끼며 관심을 가질까 하는 점이 우려스럽습니다. 만약 초반에 관심을 못 끌면… 서로 무척 곤란해지거든요."

제안서를 받아서 읽고 난 후 욕심이 났다.

그렇지만 욕심이 생기는 것과 동시에 우려도 들었다.

다행히 서진우는 그 우려되는 점을 인지하고 해결책을 가져왔다.

"일단은 오디션 홍보에 집중할 겁니다."

"광고를 한다는 뜻입니까?"

"네. TV 광고를 할 생각입니다."

"방금… TV 광고를 한다고 했습니까?"

"그렇습니다."

자신이 잘못 들은 게 아님을 확인한 김중원이 당황했다.

TV 광고와 라디오 광고.

광고 효과도 달랐고, 단가도 천지 차이였다.

그래서 TV 프로그램을 홍보하기 위해서 라디오 광고를 하는 경우는 종종 있었지만, 라디오 프로그램 홍보를 위해서 TV 광고를 하는 경우는 한 번도 없었다.

"진심… 이십니까?"

"그럼요."

"하지만… 이래도 될까요?"

"안 될 것도 없죠."

서진우는 대수롭지 않게 대답했다.

그 대답을 들은 김중원이 팔짱을 꼈다.

'우리 프로그램 입장에서는… 나쁠 것 없지.'

TV 광고를 하는 데 들어가는 비용은 전부 서진우 측에서 부담할 터.

'킹 보이스 오브 코리아'라는 오디션 코너를 홍보하는 과정에서 자연히 '한밤의 음악 도시'도 홍보 효과를 누릴 수 있을 테니 김중원 입장에서는 반대할 이유가 없었다.

"TV 광고만이 아닙니다. 신문과 잡지를 포함해서 광고할 수 있는 매체는 모두 활용할 겁니다."

"그렇게 광고를 하려면 비용이 많이 들 텐데요?"

"비용은 걱정하실 것 없습니다. 투자를 많이 받았거든요."

'내가 막연히 생각했던 것보다⋯ 훨씬 더 스케일이 클 수도 있다!'

김중원이 두 눈을 빛냈다.

'이 정도로 광고를 대대적으로 한다면?'

서진우 측에서 제안한 오디션 코너 '킹 보이스 오브 코리아'가 훨씬 더 성공할 수도 있단 생각이 들기 시작했다.

"물론 광고를 대대적으로 하는 것이 전부가 아닙니다. 결국 오디션은 실력 있는 참가자들이 많이 참가해야만 화제가 되면서 성공할 수 있다는 것을 잘 알고 있습니다. 그래서 더 많은 실력 있는 참가자들을 이번 오디션에 불러 모으기 위해서 오디션 상금을 크게 걸 생각입니다."

"얼마나 상금을 크게 거실 생각입니까?"

"우승자에게는 1억, 준우승자 두 명에게는 각각 오천만 원씩 상금을 지급할 계획입니다."

"우승자에게 주어지는 상금이⋯ 1억이요?"

'기껏해야 오디션 우승자에게 오백만 원 정도 주겠지.'

김중원이 조금 전에 했던 생각이었다.

그런데 서진우가 입에 올린 상금 규모.

예상 금액보다 무려 스무 배가 많았다. 그리고 아직 끝이 아니었다.

준우승자 두 명에게도 각각 오천만 원의 상금을 지급할 계획이라고 밝혔으니까 총상금 규모가 무려 2억이었다.

'진짜… 재벌 2세가 맞나 보네.'

이렇게 거액의 광고비와 상금을 주저하지 않고 지불한다는 것.

어지간히 돈이 많지 않고는 불가능한 일이었다.

'만약 서진우 이사가 약속한 것만 지킨다면… 최소한 망하지는 않는다. 아니, 대박 날 확률이 높다!'

이런 확신이 깃든 순간 김중원이 말했다.

"한번 해 보시죠."

           *   *   *

"방금… 얼마라고 했어?"

유승아가 술잔을 들어 올리다가 멈칫하며 물었다.

"우승 상금 1억이라고 했습니다."

"진짜 1억을 줄 거야?"

"네. 준우승자 두 명에게도 상금 오천만 원씩을 지급할 테니까 총상금은 2억이 되겠네요."

"상금 규모가 어마어마하네."

놀란 표정을 감추지 못하던 유승아가 심각한 표정으로 말했다.

"나도 참가해 볼까?"

"선배가 왜 참가하려는 겁니까?"

"나도 노래 좀 하거든."

"……."

"어, 그 표정 뭐야? 방금 비웃었지?"

"아니요."

"아니긴 뭘 아냐? 내가 다 봤는데."

"어쨌든 참가하지 마세요."

"왜 참가하지 말라는 거야?"

"노래 좀 하는 걸로는 어림없으니까요."

"응?"

"날고 기는 보컬 실력자들이 이번 오디션에 총출동할 거거든요."

"그럼 포기해야 하나? 그런데… 자기 돈 아니라고 너무 막 쓰는 것 아냐?"

유승아는 JK미디어에 백억을 투자했다.

정확히 말하면 아버지인 구룡그룹 유명석 회장에게 빌린 백억을 개인 투자자 자격으로 투자한 것.

그래서 그녀는 투자금을 어떻게 사용할지 계획을 듣길 원했고, 이것이 오늘 자리가 마련된 이유였다.

"투자를 크게 해야 그만큼 큰 성과를 거둘 수 있는 법이죠."

"성공할 자신이 있다?"

"네."

"자신감은 인정. 그런데 이해가 안 가는 게 있어."

"어떤 점이 이해가 안 가시는 겁니까?"

"왜 TV가 아니라 라디오야?"

'같은 질문이네.'

그 질문을 들은 내가 쓴웃음을 머금었다.

"왜 TV 프로그램이 아니라 라디오 프로그램인 '한밤의 음악 도시'에서 오디션을 개최하려는 겁니까? 라디오 프로그램보다는 TV 프로그램에서 오디션을 개최하는 편이 화제와 관심을 끌기에 훨씬 더 유리할 텐데요."

'한밤의 음악 도시' 피디인 김중원도 같은 질문을 했었다.

그리고 당시와 지금, 내 대답은 같았다.

"공정한 오디션을 위해서입니다."

유승아와 김중원의 지적은 틀리지 않았다.

라디오 프로그램보다는 TV 프로그램에서 오디션을 개최하는 편이 대중들의 관심을 끌기에 더 쉬웠다.

하지만 그 경우에는 공정한 오디션이 되지 못할 것을 우려했기에 난 TV가 아닌 라디오라는 매체를 택한 것이었다.

"TV에서 오디션을 하면 공정한 오디션이 되지 못하고, 라디오에서 오디션을 해야만 공정한 오디션을 할 수 있다? 난 그 대답도 잘 이해가 안 돼."

"이해가 안 갈 수 있습니다. 하지만 이번 오디션의 명칭을 잘 생각해 보면 이해가 가실 겁니다."

"킹 보이스 오브 코리아?"

"네. 이번 오디션의 심사 기준은 보컬 실력 딱 하나입니다. 그런데… TV 프로그램에서 오디션을 개최하면 취지에 어긋나는 결과가 발생할 확률이 높습니다."

"취지에 어긋난다는 게 무슨 뜻이야?"

"보컬 실력 말고 다른 요인들이 심사에 영향을 미칠 수 있게 될 가능성이 높거든요."

"다른 요인이라면……?"

"가장 대표적인 것은 참가자들의 외모겠죠."

"아!"

유승아가 비로소 말뜻을 이해했다.

"TV 프로그램에서 오디션을 개최하면 오디션 참가자들의 키와 얼굴 같은 외모적인 부분들이 공개되면서 심사에 영향을 미칠 수밖에 없다? 그것을 방지하기 위해서 라디오 프로그램에서 오디션을 개최하겠다. 맞아?"

"맞습니다."

"진짜 '킹 보이스 오브 코리아'라는 오디션 명칭에 어울리긴

하네."

잠시 후 유승아가 다시 입을 뗐다.

"그런데 말이야. 혹시……."

"혹시 뭡니까?"

"이건 어디까지나 가정이긴 한데… 만약에 '킹 보이스 오브 코리아'의 우승자를 포함한 입상자들이 다 못생겼으면 어쩌지? 외모를 보지 않고 입상자를 선정하는 것이 오디션의 취지이긴 하지만, 앞으로 가수로 활동하면서 더 큰 성공을 거두기 위해서는 외모 경쟁력도 중요한 요인이잖아."

"그건 어쩔 수 없죠."

"어쩔 수… 없다고?"

"네."

"그렇지만……."

"제 생각과 기준은 확고합니다."

"……?"

"가수는 노래를 잘하는 게 가장 중요합니다."

*   *   *

"지금처럼 언제까지나 함께할 수 있어요. 우리의 사랑이 영원히 변하지 않을 거라는 걸 이 순간 약속해요. 이제부터 아주 먼 길을 함께 걸어가게 될 우리 두 사람의 앞날에……."

조용하게 변한 결혼식장 안에는 조선호의 목소리만이 울려 퍼졌다.

　'좋다!'

　신랑과 신부뿐만 아니라, 결혼식에 참석한 하객들이 오롯이 자신이 부르는 노래에 귀를 기울여 주는 이 짧은 순간이 조선호는 너무 좋았다.

　잠시 후 축가가 끝나고 신랑의 누나가 다가와 식권과 돈 봉투를 건넸다.

　"수고하셨어요."

　"감사합니다."

　봉투 속에 들어 있는 수고비는 오만 원.

　좋아하는 노래를 사람들 앞에서 불렀을 뿐만 아니라, 노래를 불러서 돈까지 벌었다는 뿌듯함이 조선호의 전신을 휘감았다.

　하지만 뿌듯한 감정은 오래가지 않았다.

　"빨리 와서 이리 앉아."

　집에 도착하기 무섭게 술 냄새가 진동했다. 그리고 이미 술에 취해서 혀가 꼬인 아버지의 목소리가 들려왔다.

　"넌 언제 사람 구실 할래?"

　마지못해 술상을 사이에 두고 맞은편에 앉은 순간, 아버지는 소리부터 질렀다.

'저도 열심히 살고 있어요.'

어느 누구 못지않게 열심히 살고 있다고 대답하고 싶은 것을 조선호가 꾹 눌러 참았다.

순간의 욱하는 감정을 참지 못하고 발끈해서 대답했다가는 아버지의 잔소리가 더 심해질 것을 잘 알아서였다.

"죄송합니다."

그래서 조선호가 시선을 아래로 내리깐 채 대답한 순간이었다.

"그 옷은 뭐냐?"

이번에는 조선호가 정장을 입은 것으로 꼬투리를 잡기 시작했다.

"또 결혼식장 갔던 게냐?"

"네."

"남의 결혼식 축가 불러서 차비는 나오냐? 그걸로 어떻게 먹고살래? 사내새끼가 밥벌이는 해야지."

"오만······."

축가를 불러서 오만 원 벌었다는 이야기를 하려고 했지만, 그럴 기회는 없었다.

"오늘 최 사장 만났다."

"네? 네."

"세탁소에서 일해 보라고 했는데 네가 싫다고 했다면서?"

최덕규 사장은 아버지의 중학교 동창.

읍내에서 세탁소를 운영하고 있었다. 그리고 아버지는 사람을 구한다는 소식을 듣고 막무가내로 최덕규 사장을 찾아가서 면접을 보라고 했었다.

아버지가 워낙 강권했던 탓에 마지못해 세탁소로 찾아가긴 했었다.

그렇지만 세탁소 일을 배우는 것은 죽기보다 싫었다.

그래서 세탁소에서 일하지 않겠다고 거절하고 돌아왔었는데 그게 아버지의 귀에 들어간 듯 보였다.

"적성에 안 맞는 것 같아서요."

조선호가 제안을 거절한 이유를 막 밝힌 순간, 눈앞이 번쩍하는 느낌이 들었다.

잠시 후 바닥에 뒹굴고 있는 소주잔을 확인하고서야 조선호는 상황을 이해했다.

아버지가 소주잔을 집어 던졌고, 그 소주잔에 이마를 얻어맞은 것이었다.

"적성? 배부른 소리 하고 자빠졌네."

"……."

"네가 배운 게 있어? 기술이 있어? 뭐라도 할 줄 아는 게 있어야 목구멍에 풀칠이라도 하고 살 것 아냐?"

"…노래할 겁니다."

"노래?"

"네. 노래하는 게 좋습니다."

"헛바람만 잔뜩 들어 가지고는. 너 정도로 노래하는 애들은 지천으로 널리고 널렸어. 꼴도 보기 싫으니까 내 집에서 나가. 그냥 자식 하나 없는 셈 칠 테니까."

Chapter. 3

조선호가 재빨리 일어나 방을 빠져나왔다.

술에 취한 데다가 기분도 안 좋은 아버지 앞에 더 버티고 있어 봐야 좋을 게 없다는 것을 경험을 통해서 알고 있어서였다.

지금은 아버지의 눈앞에서 사라졌다가 좀 시간이 흐르고 난 후 조용히 집으로 돌아가는 편이 최선이었다.

"오늘도 수철이한테 신세 져야겠네."

가장 친한 친구인 홍수철의 집에서 하룻밤 자고 오기 위해서 찾아갔다.

"아버지, 또 술 드셨나 보네."

아까 소주잔에 맞아서 살짝 부은 이마를 확인한 홍수철이 한숨을 내쉬며 물었다.

"밥은 먹었냐?"

"밥 생각 없어."

"그럼 치킨이라도 먹어."

조선호를 억지로 앉힌 홍수철이 컵을 가져와 콜라를 따라 주었다.

그 콜라를 홀짝이며 마시고 있을 때, 홍수철이 물었다.

"죽어도 노래하고 싶어?"

"그래."

"그렇게까지 노래하려는 이유가 뭔데?"

"노래를 부르는 게 좋아. 행복하거든. 그래서 꼭 가수로 성공하고 싶어. 아버지가 틀렸고 내가 옳았다는 것도 증명하고 싶고."

조선호가 그 대답을 끝으로 입을 다물었다.

방 안에 흐르는 침묵이 불편했는지 홍수철이 TV를 켰다.

이리저리 채널을 돌리던 홍수철이 불쑥 물었다.

"여기 나가 보는 게 어때?"

"응? 어딜 나가 보란 거야?"

"지금 광고하는 '킹 보이스 오브 코리아'라는 오디션 말이 야."

홍수철의 제안을 들은 조선호가 TV를 바라보았다.

"대한민국을 넘어 세계를 감동시킬 가수를 찾습니다. 오직 목소리만으로 승부하는 유일한 오디션 프로그램, 당신이 주인공이 될 수 있습니다."

부르르.

오디션 소개 광고를 바라보던 조선호의 몸이 떨렸다.

지금 이 광고를 본 것이 마치 운명처럼 느껴졌다.

"우승할게."

"응?"

"두고 봐. 내가 우승할 테니까."

*　　　　*　　　　*

미레도 레코드 프로듀서인 김진복의 시선은 아까부터 허공을 부유하고 있었다.

'이번에도… 거절이구나.'

내 음반을 내고 싶다는 꿈 하나를 갖고 이 바닥에 용감하게 뛰어든 지 이미 꽤 오랜 시간이 지났다.

그렇지만 이범주는 아직 꿈을 이루지 못했다.

"노래는 잘하네요."

"음색이 좋아요. 기교도 좋고."

"보컬 능력 하나만 놓고 보면 국내에서 손꼽힐 만해요."

이범주가 헛된 꿈을 꾸는 것은 아니었다.

데모 테이프를 보냈거나, 직접 테스트를 받았던 여러 음반 제작사들에게서 보컬 실력이 뛰어나단 평가를 받았던 것이 그 증거.

하지만 지금까지 음반을 내고 데뷔하지 못한 이유는 외모 때문이었다.

보컬 실력이 뛰어나다고 칭찬하면서도 막상 앨범을 내자고 제안하는 음반 제작사는 없었다.

"우리 회사와는 지향점이 다르네요."

"보컬 실력은 뛰어난 게 사실인데… 뭐랄까. 뚜렷한 색깔이 없어요."

"좀 아쉬워요. 화제성이 부족하달까. 그래서 우리 회사와 함께 하기는 힘들 것 같습니다."

이런저런 이유들로 거절을 했지만, 자신의 외모 때문에 음반 제작이 번번이 불발된다는 사실을 알아채지 못할 정도로 이범주가 눈치가 없지는 않았다.

그리고 워낙 많은 거절을 당하다 보니까, 김진복이 아까부터 자신의 시선을 피하는 것을 통해 거절의 말을 꺼낼 것을 예상할 수 있었다.

"범주 씨 보컬 실력은 독보적인데……."

"음반 못 내주시는 거죠?"

이범주의 질문에 김진복이 당황한 기색으로 말했다.

"난 내고 싶어요. 그런데 대표님이 반대하시네요. 그래서 고민을 해 봤는데… 제안을 하나 하고 싶어요."

"무슨 제안인가요?"

"우리 회사에서 보컬 트레이너로 일해 보는 건 어때요?"

"아니요. 제안은 감사하지만 거절하겠습니다."

이범주의 꿈은 음반을 내고 가수로 데뷔하는 것이지 보컬 트레이너가 되는 것이 아니었다.

"이제… 진짜 내려가야 하나?"

김진복과의 성과 없는 미팅을 마치고 미레도 레코드가 입점해 있는 건물을 빠져나온 이범주가 한숨을 내쉬었다.

이미 수십 차례 거절을 당한 상황.

고향으로 내려가서 식당을 운영하는 부모님을 도우며 식당을 물려받을 때가 됐다는 생각이 들었다.

그럼에도 불구하고 선뜻 결정을 내리지 못하는 이유.

너무 아쉬웠기 때문이었다.

지금 이대로 고향으로 내려가 버리면 가수의 꿈은 물 건너가고 평생을 식당 주인으로 살아야 할 것이 분명했다.

그리고 그 삶이 행복할 리 없을 터.

"길을… 잃어버린 느낌이야."

한참을 우두커니 서 있던 이범주가 버스 정류장으로 걸음을 옮겼다. 그리고 118번 버스를 기다리고 있을 때였다.

　─ 당신의 노래를 들려주세요.

　버스 정류장에 붙어 있는 전단지가 눈에 들어왔다.
　"킹 보이스 오브 코리아?"
　인기 라디오 프로그램인 '한밤의 음악 도시'에서 오디션이 개최된다는 소식을 알리는 전단지가 이범주의 시선을 사로잡았다.

　─ 우승자에게는 1억의 상금이 수여됩니다.

　파격적이라고 해도 좋을 정도로 우승자에게 주어지는 상금은 컸다.
　그렇지만 이범주의 눈에 확 들어온 문구는 상금 부분이 아니었다.

　─ 외모도 직업도 중요하지 않습니다. 오직 당신의 목소리만으로 평가하겠습니다.

　쿵쾅쿵쾅.

오직 목소리만으로 평가하겠다는 전단지의 문구가 이범주의 식어 버렸던 가슴을 다시 뛰게 만들었다.

"마지막으로… 진짜 마지막으로… 한 번만 더 해 보자."

아까까지만 해도 길을 잃어버린 느낌이었는데.

다시 이정표를 찾은 느낌이 들어서 이범주의 두 다리에 힘이 들어갔다.

*　　　　*　　　　*

유명석이 세단 뒷좌석에 등을 묻은 채 JK미디어 관련 서류를 살폈다.

'나쁘지 않군!'

JK미디어의 매출이 최근 들어 가파르게 상승한 것을 서류를 통해서 확인한 유명석이 운전대를 잡고 있는 수행 비서에게 물었다.

"혹시 이창성이란 가수를 알고 있나?"

"네, 알고 있습니다."

"자네가 어떻게 알아?"

"회장님은 모르시겠지만 꽤 유명한 가수 겸 배우라서 알고 있습니다."

"혹시 이창성이라는 가수가 부르는 노래도 들어 봤나?"

"네, 자주 듣습니다."

"그럼 다음에 이창성이란 가수가 부르는 노래 한번 들어 볼수 있게 준비해 두게."

"회장님, 지금도 들을 수 있습니다."

"응?"

"제가 대기하는 시간에 들으려고 시디를 구입해 둔 것이 있습니다."

"잘됐군. 지금 한번 틀어 봐."

"네, 알겠습니다."

수행 비서가 세단 내부의 오디오를 조작했고, 곧 노래가 흘러나오기 시작했다.

'이 노래였군!'

이창성이란 가수에 대해서는 몰랐다.

그렇지만 유명석도 몇 번 들어 본 적이 있는 노래였다.

"도착했습니다."

그 노래에 귀를 기울이고 있는 사이, 세단이 목적지에 도착했다.

유명석이 단골 바로 들어가자 이미 도착해 있는 서진우가일어서서 인사를 건넸다.

"또 뵙습니다."

"그래. 갑자기 연락해서 놀라지 않았나?"

"아닙니다. 연락하실 거라 예상했습니다."

"어떻게 내가 연락할 것을 예상… 아니, 천천히 하지."

유명석이 앉자마자 마담이 직접 양주와 안주를 가져와서 세팅했다.

"한잔하세."

"알겠습니다."

"혹시… 동화그룹 후계 구도 싸움에 자네가 관여했나?"

양주를 따라 주며 질문하자, 서진우가 대답했다.

"그렇습니다."

자신의 예상이 적중했다는 것을 알게 된 유명석이 다시 물었다.

"원래 손진경 회장과 인연이 있었나?"

"전혀요."

"그런데 왜 손진경 회장을 도왔나?"

"손진수 대표보다는 똑똑한 것 같아서요."

"……?"

"손진경 회장과 동업하고 있는 사이라는 것은 이미 알고 계시죠? 그런데 손진수 대표가 동화그룹을 물려받으면 앞으로 사업하는 데 많이 불편할 것 같아서 손진경 회장을 살짝 도왔습니다."

"그랬군."

구룡그룹의 정보력을 동원해서 이미 알고 있는 내용.

그래서 유명석은 다른 질문을 던졌다.

"아까 내가 연락할 것을 예상했다고 했지. 어떻게 예상했나?"

"따님을 많이 아끼시니까요."

"……?"

"평소에는 소원하던 따님이 갑자기 돈을 빌려 달라고 찾아갔을 테니까 궁금하신 게 많을 거라 예상했습니다."

"맞아. 궁금한 게 많아."

"물어보시죠."

"자네가 승아에게 JK미디어 주가가 크게 치솟을 거라고 말했다고 하더군. 나도 이미 JK미디어에 대해서 알아봤어. 최근 들어 가파르게 성장하긴 했는데… 남아 있는 호재가 뭐가 있는지 모르겠더군."

조보안, 이창성, 스톰 등의 소속 가수들이 성공하며 JK미디어의 매출은 급상승했지만, 그게 다였다.

유명석의 눈에는 더 이상의 성장 동력이 보이지 않았다.

"그건 바라보는 관점의 차이 때문일 겁니다."

"관점 차이?"

"지향점이 다르다는 뜻입니다."

"……?"

"한국 시장만 놓고 보면 회장님 말씀처럼 한계가 있습니다. 하지만 저는 한국 시장이 아니라 아시아 시장을 바라보고 있습니다. 만약 JK미디어 현 소속 가수들과 앞으로 발굴할 신인 가수들이 아시아 시장에서 성공을 거둔다면 JK미디어는 지금보다 몇 배, 아니, 수십 배의 수익을 거두게 될 겁니다. 그래서 승아 선배에게 돈을 빌려서라도 주식을 매입해 두라고 조언했던 겁니다."

유명석이 천천히 고개를 끄덕인 후 입을 뗐다.

"딱 사기꾼이 하는 소리로군. JK미디어, 그리고 cm엔터테인먼트가 손을 잡고 조보안과 이창성의 일본 시장 진출을 위해서 노력했다는 것은 알고 있네. 하지만 일본 시장 진출이 무산됐다는 것도 알고 있네. 일본 시장 진출도 무산된 마당인데 아시아 시장에서 성공을 거두겠다? 어불성설이지. 이게 내가 자네가 한 말이 사기꾼들이 하는 말과 진배없다고 판단한 이유일세."

'역시 만만치 않은 양반이네.'

JK미디어 소속 가수들의 일본 시장 진출이 무산될 위기에 처했다는 것을 이미 알고 있다는 것.

구룡그룹의 정보력을 총동원해서 자세히 조사해 보고 찾아왔다는 증거였다.

그리고 진짜 사기꾼을 바라보듯 매서운 시선을 던지고 있는 유명석 회장을 마주하고 나니 욱하는 감정이 치밀었다.

"그럼 지금이라도 투자금 회수하시죠."

그래서 내가 툭 던진 말을 들은 유명석 회장은 당황한 기색이 역력했다.

"투자금이 꼭 필요했던 것 아닌가?"

"필요 없습니다."

"응?"

"그 정도 돈은 저한테도 있습니다."

딱 까놓고 말해서 구룡그룹 자금은 필요 없었다.

내게는 황금알을 낳는 거위인 박주민이 있었으니까.

SB컴퍼니 자금을 끌어다가 투자하면 그만이었다.

그럼에도 불구하고 유승아에게 JK미디어에 투자하란 제안을 했던 것.

그건 유명석 회장과 했던 거래 약속을 지키기 위함이었다.

하지만 평안 감사도 본인이 싫다면 어쩔 수 없는 법.

그래서 내가 못 미더우면 투자했던 자금을 회수하라고 말하자, 유명석 회장이 당황한 기색으로 자세를 고쳐 앉았다.

"꼭 그렇게 하겠다는 뜻이 아니라… 궁금하다는 뜻이었네."

일단 한발 물러난 유명석 회장이 덧붙였다.

"같은 사업가의 호기심이라고 표현하면 되겠군. 어떻게 아시아 시장을 공략할 건가? 계획이 있을 것 아닌가?"

무려 구룡그룹 회장이 내 눈치를 살피며 이 정도 양보했다는 것.

유승아를 아끼는 마음이 무척 크다는 증거였다.

또, 나를 인정하고 있다는 증거이기도 했고.

그래서 난 흥분을 가라앉히고 입을 뗐다.

"미라이 레코드, 소닉 레코드, 하세이 레코드. 일본의 톱 쓰리 음반 제작사들입니다. JK미디어와 cm엔터테인먼트가 함께 키운 가수인 보안이, 아, 보안이는 아십니까?"

"나도 알고 있네."

"다행이네요. 보안이의 일본 시장 진출을 계획했을 때, 가장 먼저 접촉한 곳이 미라이 레코드였습니다. 미라이 레코드 측이 가장 적극적이었거든요. 그런데 협상 도중에 미라이 레코드 측이 협상 불가 통보를 했습니다. 그래서 소닉 레코드와 하세이 레코드와 접촉해 봤는데 역시 보안이의 일본 시장 진출에 관심이 없다는 대답이 돌아왔습니다."

"일본에서 성공할 가능성이 없다고 내부적으로 판단했는가 보군."

"그게 표면적인 이유입니다."

"표면적인 이유라고?"

"네."

"그럼 진짜 이유는 따로 있다는 건가?"

"제 판단에는 그렇습니다."

"그렇게 판단한 근거는 뭔가?"

"일본 음반 회사들의 태도가 급변했다는 점입니다. 아까 미라이 레코드가 가장 적극적이었다고 말씀드렸지만, 다른 음반 제작사들도 보안이의 일본 진출에 관심을 갖고 있었습니다. 그런데 마치 서로 짜기라도 한 것처럼 한꺼번에 말과 태도가 바뀌었습니다. 저는 이 과정에 누군가의 입김이 영향을 미쳤다고 생각하고 있습니다."

"누굴 말하는 건가?"

"짐작 가는 인물이 있습니다. 그는 보안이를 시작으로 한국의 문화가 일본에서 인기를 얻는 것을 두려워하는 것 같습니다. 그래서 미리 손을 쓴 게 아닐까 하는 생각을 갖고 있습니다."

"흐음."

팔짱을 낀 채 고민하던 유명석 회장이 다시 입을 뗐다.

"아까 누군지 짐작 가는 인물이 있다고 했었지? 그게 누군지 알려 줄 수 있나?"

"그건 안 됩니다."

"이유는?"

"회장님을 믿을 수 없기 때문입니다."

내 대답을 들은 유명석 회장이 황당한 표정을 지었다.

"날 못 믿겠다는 이유가 뭔가?"

"회장님이 큰 사업을 하시고 있기 때문입니다."

"……?"

"만약 일본과 저, 둘 중 하나를 선택하라면 회장님은 어느 쪽을 선택하시겠습니까?"

"그야 당연히……."

"일본을 택하시겠죠."

구룡그룹은 일본 업체들과 활발히 거래하고 있었다.

또, 기술 개발을 위한 협력도 꾸준히 해 나가고 있는 상황이고.

그러니 내가 아니라 일본을 선택하는 것이 당연한 일이었다.

"저는 일본의 유력 인사와 맞서 싸우는 중입니다. 그런데 회장님은 일본 업체들과 돈독한 관계를 유지하고 계십니다. 그래서 그 유력 인사에 대해서 알려 드릴 수 없다고 말씀드린 겁니다."

"내가… 스파이 노릇이라도 할 거란 건가?"

"조심해서 나쁠 건 없죠."

커피를 한 모금 마신 후 내가 덧붙였다.

"굳이 설명을 드리자면 우회로를 뚫고 있습니다. 대로는 막혀 있으니까 우회로를 뚫어서라도 일본 시장에 진출하려는 겁니다."

"어떻게 말인가?"

"자본의 논리죠."

"……?"

"돈이 된다는 사실을 절감하게 된다면… 일본 음반 회사들도 수익을 거두기 위해서 한국 가수들에게 문호를 열어 줄 겁니다."

*　　　*　　　*

"피디님, 난리 났어요."

막내 작가 안솔미가 하이 톤으로 소리쳤다.

평소였다면 호들갑 떨지 말라고 핀잔을 건넸겠지만, 김중원은 핀잔을 건네는 대신 다음 이야기를 기다렸다.

"청취율이… 청취율이……."

"숨넘어가기 전에 빨리 말해."

"청취율 조사 결과가 나왔는데요. '별빛 도시'와 격차를 네 배로 벌렸어요."

김중원이 주먹을 불끈 움켜쥐었다.

'한밤의 음악 도시'와 '별빛 도시'

동 시간대 경쟁 프로그램이었다.

그동안은 터줏대감이었던 '별빛 도시'에 '한밤의 음악 도시'가 도전하며 고전하는 입장이었는데.

'킹 보이스 오브 코리아'가 큰 화제가 되면서 상황이 역전됐다.

청취율 조사에서 '한밤의 음악 도시'가 '별빛 도시'에 압도적인 격차를 벌리며 앞서기 시작했으니까.

청취율만이 아니었다.

'킹 보이스 오브 코리아'는 화제성도 높았다.

얼마 전에 식당에서 밥을 먹을 때, 모든 손님들이 '킹 보이스 오브 코리아'를 주제로 열띤 대화를 나누는 걸 들었다. 그 정도로 화제성이 엄청났다.

"다들 너무 들뜨지 마."

김중원이 애써 흥분을 누르며 소리쳤다.

"아직 안 끝났어. 우승자가 결정될 때까지 긴장 늦추면 안 돼."

"네."

"알겠습니다."

작가들의 대답을 들으며 김중원이 서둘러 부스를 빠져나왔다.

서진우와 약속이 잡혀 있었기 때문이었다.

늦지 않기 위해서 방송국 내에 입점해 있는 카페로 달려가자 이미 서진우는 도착해서 기다리고 있었다.

"죄송합니다. 제가 조금 늦었습니다."

"저도 방금 왔습니다. 많이 바쁘시죠?"

"정신이 없네요."

김중원이 맞은편에 앉으며 대답을 이었다.

"'킹 보이스 오브 코리아'와 관련된 사연과 편지가 워낙 많이 도착하는 바람에 기존 인력으로는 감당이 안 돼서 임시로 아르바이트생까지 고용했습니다. 그 정도로 열기가 아주 뜨겁습니다."

"다행이네요."

"하하, 정말 다행이죠."

김중원이 커피를 한 모금 마신 후 서진우를 살폈다.

사람의 욕심이란 끝이 없는 법이었다.

오디션 프로그램인 '킹 보이스 오브 코리아'가 예상보다 훨씬 큰 성공을 거두고 나자 이대로 끝내기에는 너무 아쉽다는 생각이 들었다.

시즌 2, 시즌 3.

'킹 보이스 오브 코리아'를 계속 이어 나가고 싶었다.

그렇지만 문제는 돈이었다.

'킹 보이스 오브 코리아'가 성공을 거둔 데는 아낌없이 쏟아부은 광고비와 재야에 숨어 있던 실력자들을 모두 불러 모을 정도로 거액의 상금의 역할이 컸다.

즉, '킹 보이스 오브 코리아' 시즌 2와 시즌 3가 계속 진행되기 위해서는 아주 많은 돈이 들어간다.

"제가 서 이사님을 만나 뵙자고 청한 이유는⋯ 부탁드리고 싶은 말씀이 있어서입니다."

"편하게 말씀하시죠."

"아시다시피 '킹 보이스 오브 코리아'는 오늘 8강전이 열립니다. 이제 끝이 얼마 남지 않았다는 뜻입니다. 저는⋯ 이대로 끝내는 것이⋯⋯."

"아쉬우신 거죠?"

"네? 네."

"그래서 '킹 보이스 오브 코리아' 시즌 2, 시즌 3를 계속 진행하고 싶으신 거고요?"

'귀신이 따로 없네.'

김중원이 속으로 생각했을 때, 서진우가 덧붙였다.

"그에 대한 대답은 조금만 미루겠습니다."

"왜……?"

"일반 회사에서 사업이 계속 진행되려면 일정 수준 이상의 성과를 내야 하는 법입니다. 과연 '킹 보이스 오브 코리아'가 성과를 냈는가를 확인하는 게 우선이니까요."

서진우의 부연을 들은 김중원이 서둘러 말했다.

"성과는 분명히 있었습니다. 청취율 조사표를 보면 '한밤의 음악 도시'의 청취율이 가파르게 상승했고, 화제성 측면에서도……."

"김 피디님."

"네?"

"그건 '한밤의 음악 도시' 입장이죠."

"……?"

"'한밤의 음악 도시'의 청취율이 올라간다고 해도 제가 좋을 건 별로 없습니다."

"아, 그건 그렇죠."

김중원이 반박하지 못하고 수긍했다.

서진우가 거액을 쏟아부으며 오디션 프로그램인 '킹 보이스 오브 코리아'를 개최한 목적.

'한밤의 음악 도시'의 성공을 위해서가 아니었다.

오디션을 통해서 실력 있는 신인 가수를 발굴하는 것이었다.

"8강에 오른 참가자들의 면면을 알 수 있을까요?"

"그렇지 않아도 준비해 왔습니다."

김중원이 명단이 적힌 종이를 건넸다.

그 명단을 살피던 서진우의 입가로 희미한 미소가 번졌다.

'왜 웃지?'

그 미소의 의미를 알 수 없어 김중원이 고개를 갸웃했을 때, 서진우가 입을 뗐다.

"삼대장 중 한 명의 대장을 찾았네요."

＊　　　＊　　　＊

대한민국 최고의 보컬리스트로 꼽히는 세 가수를 팬들은 국가대표 보컬 삼대장이라고 불렀다.

이범주와 윤나일, 백호신이 삼대장의 면면.

그리고 김중원이 건넨 리스트에는 이범주의 이름이 적혀 있었다.

게다가 특유의 미성으로 화제가 된 조선호의 이름도 있었다.

이것이 내가 '킹 보이스 오브 코리아' 최종 후보 8인에 오른 리스트를 확인하고 웃음을 지은 이유였다.

"삼대장… 이요?"

그때 김중원이 고개를 갸웃하며 물었다.

그의 입장에서는 삼대장이란 용어가 생소한 것이 당연지사.

그렇지만 난 그에 대해 더 자세히 설명하는 대신 화제를 전환했다.

"조금… 아쉽네요."

그리고 내가 아쉽다고 말하자, 김중원의 표정이 어두워졌다.

"서 이사님 기대에 미치지 못하는 겁니까?"

"네."

'삼대장 중 한 명밖에 못 찾았으니까요'라는 대답을 속으로 삼켰을 때, 김중원이 다시 물었다.

"그럼 '킹 보이스 오브 코리아' 시즌 2는 열리지 못하는 건가요?"

"아니요. 열릴 겁니다."

"하지만 방금 전에 성과가 기대에 미치지 못한다고 말씀하시지 않았습니까?"

"그건 제 기대치가 워낙 높았기 때문입니다."

"……?"

"조금 아쉽긴 하지만… 이 정도면 만족할 수준입니다."

만족할 수준이 아니다.

삼대장 중 한 명인 이범주와 미성의 보유자 조선호를 찾은 것만 해도 대박이었다.

이들만 해도 지금까지 '킹 보이스 오브 코리아'에 쏟아부은 투자금의 수십 배 수익은 낼 수 있을 터.

그렇지만 난 애써 표정 관리를 하며 덧붙였다.

"그리고 아쉽기 때문에 더 '킹 보이스 오브 코리아' 시즌 2를 개최할 겁니다."

'삼대장 중 나머지 두 명을 찾아야 하거든요.'

우승자와 준우승자에게 주어지는 상금 2억이 무척 커 보이지만, 이들을 이용해 벌어들일 매출을 감안하면 푼돈이었다.

말 그대로 한참 남는 장사.

그런데 '킹 보이스 오브 코리아' 시즌 2, 그리고 시즌 3를 개최하지 않을 이유가 없었다.

다만 애써 표정 관리를 하면서 김중원에게 그 사실을 제대로 알려 주지 않은 이유는 앞으로 '킹 보이스 오브 코리아'를 계속 개최하는 과정에서 그에게 더 많은 양보를 얻어 내기 위함이었다.

그리고 이런 속사정을 전혀 알지 못하는 김중원이 안도의 한숨을 내쉬며 말했다.

"어려운 결정을 내려 주셔서 감사합니다."

이태리의 부친인 이성균이 운영하던 풍산건설은 IMF라는 높은 파고를 넘지 못하고 결국 부도가 났다.

그 과정에서 이성균의 횡령과 배임 혐의가 드러난 탓에 그는 현재 교도소에 수감되어 있었다. 그리고 풍산건설의 부도에 이은 남편의 구속으로 인해 이태리의 모친 송주영은 쓰러져서 병원 신세를 지고 있었다.

드르륵.

과일 바구니를 손에 쥔 채 병실 문을 열고 들어가자 이태리가 두 눈을 크게 떴다.

"진우, 네가 여기 어떻게⋯⋯?"

"병문안 왔어."

"병문안?"

"친구 어머니가 입원하셨는데 병문안 오는 게 그렇게 이상한 일은 아니잖아."

내가 대수롭지 않게 대답했지만, 이태리는 마치 잘못을 저지르다 들킨 꼬맹이처럼 얼굴을 붉혔다.

"어떻게⋯ 알았어?"

"나도 신문은 봐."

"⋯⋯."

"무겁다. 어서 받아."

"그… 그래. 고마워."

과일 바구니를 건네받은 이태리가 침대에 누워 있는 송주영을 살핀 후 말했다.

"나가서 커피 한 잔 마시자."

*　　　　*　　　　*

커피 두 잔을 테이크아웃해서 벤치에 앉았다.

"왜 말 안 했어?"

"뭘 말하는 거야?"

"내가 '블루윈드'와 관련이 있다는 것, 너도 알고 있었잖아. 그런데 왜 내게 말 안 하고 찾아갔었냐고?"

"부담 주기 싫어서."

시선을 바닥으로 던진 채 대답하는 이태리의 분위기는 예전과 달라져 있었다.

'이제 공주가 아니니까.'

더 이상 온실 속 화초처럼 살 수 없는 것이 이태리가 처한 현실이었다.

공주에서 가장으로.

신분이 급변한 이태리를 확인하고 나니 그동안 너무 무심했다는 생각이 들어서 미안한 마음이 들었다.

"힘들지?"

"버틸 만해."

애써 밝은 표정과 목소리로 대답하는 이태리를 확인한 내가 한숨을 내쉬었다.

원래 그녀를 만난 이유는 도움의 손길을 내밀기 위함이었다.

하지만 도와주겠단 말을 꺼내면 자존심이 강한 그녀가 상처를 입을까 봐 선뜻 말을 꺼내기 어려웠다.

그래서 허공을 응시하고 있을 때였다.

"좋아했어."

이태리가 불쑥 말했다.

"날?"

"응."

"좋아했다고 표현하는 걸 보니까⋯ 이제는 더 이상 좋아하지 않는다는 뜻이네."

"맞아."

"이유를 물어봐도 될까?"

"여지를 주지 않으니까."

'내가 여지를 주지 않았긴 했지.'

이태리가 나름 최선을 다해서 대시했음에도 불구하고 난 모른 척 외면하면서 아예 여지조차 주지 않았었다.

그로 인해 짝사랑에 지쳐 버린 이태리가 포기했다는 뜻이었다.

"그리고… 지금 한가하게 연애하고 있을 때가 아니거든. 열심히 일해서 다시 집안을 일으켜 세워야 해."

"그래."

"좀… 도와줄래?"

바닥으로 시선을 내리깐 채 이태리가 어렵게 꺼낸 부탁을 들은 내가 깜짝 놀라며 물었다.

"그때는 도움을 청하지 않다가 왜 지금은 도움을 청하는 거야?"

"이제는 알게 됐거든."

"뭘 알게 됐다는 거야?"

"그때는 서진우가 이 정도로 대단하단 걸 몰랐어. 그런데 '블루윈드'와 계약한 지금은 서진우가 내가 막연히 짐작했던 것보다 훨씬 더 대단하단 사실을 알게 됐다는 뜻이야. 그리고……."

"그리고 뭐야?"

"그때보다 상황이 더 어려워졌거든."

부자는 망해도 삼 년은 간다는 속담이 있긴 했지만, 지금은 달랐다.

이태리의 부친이 운영하던 풍산건설은 IMF 직격탄을 맞았고, 한때 유행했던 책의 제목처럼 추락하는 것에는 날개가 없는 법이었다.

지금 이태리는 말 그대로 바닥을 친 상황.

누군가의 도움이 절실히 필요한 입장이었다.

그래서 자존심까지 내려놓고 먼저 부탁한 것이었다.

그런 그녀의 딱한 사정을 알기에 내가 말했다.

"같이하자."

"……?"

"단 내가 도움을 주는 것은 아냐. 나도 네가 필요하니까."

"정말… 내가 필요해? 난 연기도 미숙하고……."

"연기가 미숙한 건 알아. 하지만 넌 미인이잖아. 미모가 무기란 뜻이야."

내 이야기를 들은 이태리가 두 눈을 동그랗게 떴다.

"신기하네."

"뭐가?"

"예전에 너한테 꼭 듣고 싶었던 말이었는데… 이렇게 널 포기하고 나니까 그 말을 듣게 되니까."

이태리가 씁쓸한 목소리로 꺼낸 이야기를 들은 내가 말했다.

"곧 다 괜찮아질 거야."

"……."

"그러니까 조금만 더 버텨."

*　　　　　*　　　　　*

"하, 노래 잘하네."

라디오에서 흘러나오고 있는 노래를 듣고 있던 미레도 레코드의 대표 서승백은 감탄을 금치 못했다.

'한밤의 음악 도시'에서 열리는 오디션 '킹 오브 보이스' 결승전에 참가한 두 명의 참가자 가운데 2번 참가자가 부르는 노래는 서승백을 놀래키기에 충분했다.

완벽한 고음은 기본.

슬픈 멜로디와 가사에 어울리는 보컬에는 애절함과 진정성이 묻어났다.

"무조건 2번이 우승이다."

1번 참가자의 보컬도 좋았다.

감미롭고 부드러운 목소리는 그 자체만으로 상품성이 있었다.

하지만 서승백은 2번 참가자가 1번 참가자를 꺾고 '킹 보이스 오브 코리아' 우승을 차지할 거라고 확신하며 아쉬움을 토로했다.

"왜 저런 실력자는 우리 회사로 안 찾아오는 거야?"

그리고 서승백이 말을 꺼낸 순간, 김진복 실장이 말했다.

"왔었는데요."

"응? 왔다니? 그게 무슨 소리야?"

"2번 참가자 말입니다. 우리 회사로 찾아왔었습니다."

"언제?"

깜짝 놀란 서승백이 자세를 고쳐 앉으며 질문했다.

"그런데 왜 나한테 안 알렸어?"

"사장님께 말씀드렸습니다. 2번 참가자와 계약하고 앨범을 내는 게 좋겠다는 말씀도 드렸었고요."

"그런데……?"

"사장님이 안 된다고 하셨습니다."

"내가?"

"네. 분명히 그렇게 말씀하셨습니다."

"내가 왜? 아니, 대체 누구길래?"

"2번 참가자, 범주잖습니까?"

"이게… 범주라고?"

서승백이 그리 오래 걸리지 않아서 이범주를 떠올리는 데 성공했다.

김진복이 워낙 이범주에 대해서 여러 번 이야기했었기 때문이었다.

하지만 아까 김진복의 말대로였다.

서승백은 김진복 실장의 여러 차례 추천에도 불구하고 이범주와 계약을 체결하지 않았었다.

그 이유는 이범주의 외모 때문이었다.

'노래는 곧잘 하는 편이지만, 못생겨서 가수로서 인기를 얻긴 어렵다.'

이런 결론을 내렸기 때문에 이범주와 계약을 체결하지 않았었는데.

"범주가… 이 정도로 노래를 잘했어?"

"제가 범주가 노래 하나는 기가 막히게 잘 부른다고 말씀드렸잖습니까?"

"나도 범주 노래 들어 봤어. 이 정도는 아니었던 것 같은데……"

서승백이 당혹스러운 표정을 짓고 있을 때, 김진복이 말했다.

"아마 선입견 때문이었을 겁니다."

"무슨 선입견?"

"범주의 외모에 대한 선입견이요."

"……?"

"범주 외모로는 절대 성공할 수 없다. 대표님께서 이런 선입견을 갖고 계셨기 때문에 범주가 부른 노래가 귀에 제대로 들어오지 않았을 겁니다."

'틀린 말이… 아니네.'

서승백이 반박하지 못하고 한숨을 내쉬었다.

굴러온 복을 제 발로 걷어찼던 게 아닐까 하는 생각이 들어서였다.

"김 실장."

"네."

"범주랑 아직 연락하지?"

"네. 가끔씩 연락은 하는데 무슨 일 때문에 그러십니까?"

"우리 회사랑 계약하자고 제안하면… 받을까?"

"이미 늦었습니다."

"왜?"

"'킹 보이스 오브 코리아'라는 오디션 프로그램, JK미디어에서 주최했습니다. 참가 요강에 수상자는 JK미디어와 계약을 체결한다는 조항이 포함되어 있습니다."

"그럼… 범주와 계약하는 건 물 건너갔다는 뜻이네."

서승백이 머리를 긁적이며 물었다.

"어떻게… 방법이 없을까?"

"무슨 방법이요?"

"숟가락 얹을 방법 말이야."

*   *   *

"대국민 오디션 프로그램 '킹 보이스 오브 코리아' 대망의 우승자는… 축하합니다! 이범주 씨가 우승을 차지했습니다!"

'한밤의 음악 도시' 디제이인 오지영이 대망의 우승자를 발표한 순간, 그와 함께 최종 우승 후보에 올랐던 조선호는 낙담했다.

내심 우승자로 자신의 이름이 호명되길 기대했었기 때문이었다.

그렇지만 낙담에 빠진 시간은 오래 가지 않았다.

조선호가 보기에도 이번 오디션 우승자인 이범주의 보컬 실력이 압도적이라서 인정하지 않을 수가 없었다.

게다가 비록 우승을 목전에서 놓치긴 했지만 준우승을 차지한 덕분에 오천만 원의 상금과 JK미디어와 계약을 맺고 가수로 데뷔할 수 있는 기회를 획득했기 때문이었다.

'이제 진짜 시작이다.'

오디션에서 준우승을 차지한 조선호는 집으로 향했다.

"저 왔습니다."

방으로 들어가자, 익숙한 풍경이 눈앞에 펼쳐졌다.

혼자 소주를 마시고 있는 아버지의 모습을 바라보던 조선호가 자신의 방으로 돌아가기 위해서 몸을 돌렸을 때였다.

"내 술, 한 잔 받아라."

아버지인 조경철이 말했다.

"네?"

"애비가 주는 술 한 잔 받으라고."

이런 상황은 처음이었기에 무척 당혹스러웠다.

"네."

조선호가 엉겁결에 술잔을 들자, 조경철이 술병을 들어 기울였다.

"그동안… 미안했다."

"네?"

"너한테 미안했다고."

이런 이야기를 들을 거라는 예상을 못 했기에 조선호의 말문이 일순 막혔을 때, 조경철의 이야기가 이어졌다.

"과연 노래를 해서 먹고살 수 있을까? 그게 항상 불안했다. 내가 가진 게 너무 없어서… 네가 평생 먹고살 수 있는 기술을 하루라도 빨리 배우고 익히는 게 좋을 거라 생각했다. 그런데… 네가 이렇게 노래를 잘하는 줄은 몰랐다."

"아빠."

"노래 아주 잘하더구나."

"어떻게… 아셨어요?"

조선호는 '킹 보이스 오브 코리아'에 참가한다는 소식을 알리지 않았다.

그럼에도 불구하고 조경철은 이미 알고 있는 기색이었다.

그래서 질문하자, 조경철이 대답했다.

"수철이 녀석이 알려 줬다. 네가 라디오에 나온다고."

'그래서 아셨구나.'

비로소 의문이 풀렸을 때, 조경철이 덧붙였다.

"한 번도 빼놓지 않고 다 들었다. 비록 아쉽게 우승을 놓치기는 했지만, 내 마음속의 1등은 너였다."

"……."

"이제 애비 눈치 보지 말고 하고 싶은 노래, 마음껏 해라.

그리고 내 걱정은 할 것 없다. 오늘을 마지막으로 술 끊을 테 니까."

"정말… 이세요?"

"그래. 앞으로 유명한 가수가 될 자식 놈에게 누가 되면 안 되니까… 이제부터라도 정신 차리고 살 생각이다."

조선호의 눈앞이 뿌옇게 흐려졌다.

미움과 증오의 대상이었던 아버지에게 인정을 받게 된 순 간, 그동안 가슴 속에 쌓인 응어리가 풀리는 느낌이었다.

"잘해라."

목이 메인 조선호가 대답하는 대신 고개를 주억였다.

'잘할게요. 진짜 잘할게요.'

*　　　　*　　　　*

끼이익.

양손 가득 무겁게 짐을 들고 녹음실을 방문한 내 눈에 두 눈을 지그시 감은 채 노래에 심취한 박준용의 모습이 들어왔 다.

"…그대 사랑하는 나의 그대여. 이제 우리 헤어지게 되었지만, 난 믿어요. 우리가 다시 운명처럼 다시 만나게……."

내가 도착했다는 사실도 모른 채 녹음실에서 열창을 하던 박준용이 노래를 마쳤다. 그리고 날 발견하고 황급히 녹음실에서 나왔다.

"서 이사, 언제 왔어?"

"방금 왔습니다. 먹을 것 좀 사 왔으니까 드시고 하시죠."

"오, 센스 있네. 자, 식사들 하고 다시 일하자."

스태프들에게 지시한 박준용이 선택한 것은 커피와 샌드위치였다.

배가 고팠던 듯 샌드위치를 허겁지겁 먹어 치운 박준용이 커피를 마시기 시작한 순간, 내가 질문했다.

"아까 열창하시던데요?"

"봤어?"

"네."

"어땠어?"

"음, 솔직히 말해도 될까요?"

"말해 봐."

"참 한결같으세요."

"……?"

"노래 실력이 안 는다고요."

내가 웃는 얼굴로 디스했지만, 박준용은 불쾌한 표정이 아니라 아쉬운 표정을 지은 채 말했다.

"이 곡, 내가 부르고 싶어서 나한테 달라고 하려고 했는데… 안 되겠네."

"안 됩니다."

"고민도 안 하네."

"……?"

"너무 칼같이 대답하니까 서운하다고."

"임자가 이미 있거든요."

조금 전, 박준용이 녹음실에서 열창한 노래는 '킹 보이스 오브 코리아'에서 우승한 이범주가 부를 노래다.

그의 데뷔 앨범에 타이틀곡으로 싣기 위해서 미리 박준용에게 작곡을 의뢰했던 것이었다.

"그냥 작곡가로 남으시죠."

내가 재차 단호하게 말하자, 박준용이 대답했다.

"마음에 안 들어."

"뭐가요?"

"과연 내가 작곡가로 이름을 올려도 될지를 모르겠거든."

"……?"

"내가 한 일이라고는 서 이사가 알려 준 멜로디를 확장시킨 게 전부이니까."

난 박준용에게 작곡 의뢰만 한 게 아니었다.

함께 밤을 꼬박 새워가면서 멜로디에 대해서 논의를 거쳤고, 내가 흥얼거리던 멜로디에 영감을 받은 박준용이 노래를 완성한 것이었다.

"그럼… 작곡에 제 이름 올릴까요?"

"그럴까?"

"후회하실 텐데요."

"왜 후회한단 거야?"

"대박 날 거거든요. 이 곡 대박 나면 훗날 통장에 저작권료가 어마어마하게 들어올 가능성이 높습니다."

"서 이사."

"네."

"다시 생각해 보니까 내가 작곡가로 이름을 올리는 게 맞는 것 같아."

저작권료에 대한 미련이 생겼기 때문일까.

빠르게 태세를 전환한 박준용이 내게 새삼스러운 시선을 던졌다.

"서 이사, 이번에 좀, 아니, 많이 놀랐어. 작사에도 재능이 있는 줄은 몰랐거든."

"제가 작가 출신인 것, 모르셨습니까?"

"서 이사가 작가 생활도 했어?"

"시나리오 작가로 잠깐 활동했습니다."

"참, 재주도 많아."

박준용이 혀를 내두른 후 질문했다.

"아까 이 곡은 이미 임자가 있다고 했지?"

"네."

"그 임자가 대체 누구야?"

"'킹 보이스 오브 코리아' 우승자입니다."

"오디션 우승자라면 이범주?"

"네."

"이범주 목소리 컬러랑 잘 어울리겠네."

박준용이 평가한 후, 걱정스러운 표정을 지었다.

"그런데… 너무 이르지 않아?"

"……?"

"손을 좀 보고 난 후에 TV에 출연해야 하지 않을까?"

박준용이 우려 섞인 목소리로 꺼낸 이야기를 들은 내가 그를 빤히 바라보았다.

"왜 그렇게 봐?"

박준용과 이범주의 외모 경쟁력.

내가 보기엔 도긴개긴이었다.

'그렇게 얘기할 입장은 아니신 것 같아서요.'

이게 내가 진짜 하고 싶은 이야기.

하지만 차마 그 말은 꺼내지 못하고 대신 질문을 던졌다.

"어떻게 아세요?"

"뭘?"

"이범주 씨의 외모 경쟁력이 뛰어난 편이 아니라는 것 말입니다."

이범주가 우승을 차지했던 오디션 프로그램인 '킹 보이스 오브 코리아'가 진행된 매체는 라디오였다.

그래서 이범주의 얼굴을 알고 있는 이는 극소수였다.

그런데 박준용이 이범주의 얼굴을 어떻게 알고 있는지가 궁금했던 것이었다.

"범주를 내가 왜 몰라?"

"······?"

"이 바닥에선 유명해."

내 질문에 박준용이 대답한 후 덧붙였다.

"보컬 실력 하나만큼은 진짜배기라고 소문 쫙 났어. 그런데 외모 때문에 데뷔를 못 해서 그동안 안타까워하는 친구들이 많았지."

'하긴… 하늘에서 뚝 떨어진 게 아니니까.'

이범주는 무려 보컬 삼대장 중 한 명.

낭중지추란 말이 괜히 있는 것이 아니었다.

그 정도 실력을 갖고 계속 노래를 했으면, 어느 정도 알려지는 게 정상이었다.

"그것 때문이라면 걱정하실 필요 없습니다. 이미 전략을 수립했으니까요."

"무슨 전략?"

"얼굴 없는 가수가 컨셉입니다."

*　　　　*　　　　*

JK미디어.

강남 한복판 고층 빌딩을 한참 바라보던 이범주가 목이 아파져 옴을 느끼고 목뒤를 주물렀다.

"꼭… 꿈같네."

'킹 보이스 오브 코리아'에 참가해서 우승까지 차지했던 것이 꼭 한바탕 꿈을 꾼 것처럼 느껴졌다.

그렇지만 꿈을 꾼 것이 아니었다.

대형 음반 기획사인 JK미디어와 계약을 앞두고 있는 것이 그동안 꿈을 꾼 것이 아니라는 증거.

"후우!"

이범주가 긴장을 풀어내기 위해서 크게 한숨을 내쉰 후 빌딩 안으로 들어갔다.

잠시 후, 이범주는 반가운 얼굴들을 만났다.

조선호와 성준경.

'킹 보이스 오브 코리아'에서 자신과 함께 마지막까지 경쟁하면서 준우승을 차지했던 두 사람을 다시 만난 이범주는 반갑게 인사를 나누었다.

그리고 인사를 마쳤을 때, 두 남자가 회의실 안으로 들어왔다.

'박준용!'

가수 겸 프로듀서인 박준용을 발견한 이범주의 눈빛이 강렬해졌다.

박준용도 가수에 부적합한 외모의 소유자.

그런 그라면 외모에 대한 편견이 없을 것이란 기대가 들어서였다.

이범주가 보내는 강렬한 시선을 느낀 걸까.

박준용이 고개를 돌려서 자신을 바라보다가 한숨을 내쉬었다.

"문제가 심각하네요."

"……?"

"될까요?"

'무슨 뜻이지?'

이범주가 박준용의 이야기를 듣고 고개를 갸웃한 순간이었다.

"됩니다."

"그렇게 고민 안 하고 대답하지 마시고……."

"박준용 씨도 데뷔했잖습니까?"

박준용과 함께 들어온 남자가 쏘아붙였다.

'누구지?'

그 남자의 정체에 대해서 이범주가 의문을 품었을 때, 박준용과 남자의 대화가 이어졌다.

"에이, 저와는 많이 다르죠."

"뭐가 다릅니까?"

"보면서도 모르시겠습니까?"

"……?"

"외모 경쟁력에서 제가 한참 앞서죠."

'지금 누가 할 소리를 하고 있어?'

이범주가 울컥했다.

계약을 체결하기 위해서 JK미디어로 찾아와서 박준용과 만난 순간, 기대감과 함께 자신감이 깃들었다.

'박준용보다는 내가 낫다.'

이런 확신을 가졌기 때문이었다.

그런데 박준용은 오히려 자신의 외모가 더 낫다는 이야기를 하니 발끈하지 않을 수 없었던 것이었다.

"아닌 것 같은데요."

다행인 것은 박준용과 대화를 나누던 젊은 남자가 자신의 울컥하는 심정을 대변해 주고 있다는 것이었다.

"그럼 제가 더 못생겼다는 겁니까?"

"그것도 아닌 것 같은데요."

"……?"

"제 생각에는… 그냥 도토리 키 재기 같습니다."

남자의 평가를 들은 박준용의 표정이 일그러졌다. 그리고 이범주 역시 표정을 일그러뜨린 순간이었다.

젊은 남자가 자리에서 일어서며 말했다.

"이렇게 직접 만나 뵙는 것은 처음이네요. JK미디어 전무 이사이자, '킹 보이스 오브 코리아'를 개최한 서진우라고 합니다."

'JK미디어··· 이사라고?'

서진우의 소개를 들은 이범주가 깜짝 놀랐다.

자신보다 한참 어려 보이는 서진우가 대형 음반 기획사인 JK미디어의 이사라는 사실에 놀란 것이었다.

조선호와 성준경도 놀란 기색을 감추지 못하고 있는 것을 확인했을 때, 서진우가 다시 말했다.

"제가 주최한 오디션 '킹 보이스 오브 코리아'의 경쟁률은 아주 높았습니다. 그 치열한 경쟁을 뚫고 이번 오디션에서 수상하신 것만으로도 세 분의 보컬 실력은 이미 검증이 끝났다고 생각합니다. 그래서 바로 계약을 체결하고 데뷔 앨범을 준비할 겁니다. 그리고 최고의 후속 지원을 해 드릴 것을 약속드리겠습니다."

"언제 데뷔하는 겁니까?"

"늦어도 삼 개월 안에는 세 분 모두 앨범을 내고 데뷔하실 겁니다."

"그렇게 빨리요?"

"네. 이미 여러분들 앨범에 실을 곡도 받아 둔 상태입니다. 녹음만 하면 됩니다."

'뭐가··· 이렇게 빨라?'

이범주가 또 한 번 놀랐다.

그렇게 애를 쓰고 노력해도 데뷔하는 것이 계속 불발됐었는데.

너무 쉽게 데뷔의 기회가 찾아온 탓에 오히려 어리둥절할 지경이었다.

그때, 조선호가 수줍은 표정으로 손을 들고 질문했다.

"앞으로 최고의 후속 지원을 해 주시겠다고 말씀하셨는데… 구체적으로 어떤 지원을 해 주시는 겁니까?"

그 질문을 받은 서진우가 입을 뗐다.

"그에 대해서 답변드리기 전에 우선 홍보 전략을 말씀드리겠습니다. JK미디어에서 준비한 여러분들에 대한 홍보 전략은… 얼굴 없는 가수입니다."

"……?"

"……?"

"음악 방송 출연과 행사 출연은 일절 배제합니다. 오직 보컬로만 승부를 본다는 것이 JK미디어가 세운 전략의 핵심입니다. 그리고 이런 전략을 세우게 된 계기는… 박준용 씨입니다."

"서 이사, 그건 또 무슨 소리야?"

박준용이 의아한 표정을 지은 채 질문했다.

"여러분들도 박준용 씨에 대해서 알고 계시죠? 작곡과 프로듀싱 능력에서는 박준용 씨가 국내 최고라고 저는 평가합니다. 하지만… 가수 박준용에 대한 평가는 그리 높은 편이 아니죠. 저는 그 이유가… 전략 미스라고 생각합니다. 너무 일찍 방송에 출연한 게 실수였죠."

"그게 왜 실수란 거야?"

"이게 실수였다는 증거입니다."

박준용이 발끈한 순간, 서진우가 미리 준비해 온 자료를 꺼냈다.

"제가 준비해 온 자료는 박준용 씨의 데뷔 앨범 판매량 추이입니다. 데뷔 앨범이 발매됐을 당시에 앨범 판매량은 하루 일만 장 수준이었습니다. 홍보 효과가 있었고, 라디오에서 박준용 씨의 노래를 자주 틀었기 때문입니다. 그런데 보시다시피 데뷔 앨범 발매 열흘 후쯤 갑자기 앨범 판매량이 급감합니다. 하루 일만 장 수준에서 하루 일천 장 수준으로 뚝 떨어졌다는 것이 보이시죠? 그리고 앨범 판매량이 갑자기 1/10 수준으로 급락한 이유는 박준용 씨가 방송에 출연했기 때문입니다."

"언제… 그런 걸 준비했어?"

"박준용 씨도 이미 알고 계셨죠?"

"응. 당시 소속사 대표님이 알려 줬어. 그래서 그 후로 방송 출연도 거의 안 했고. 그런데… 앨범 판매량은 회복이 안 되더라고."

박준용과 대화하던 서진우가 말했다.

"제가 '킹 보이스 오브 코리아' 오디션을 '한밤의 음악 도시'

라는 라디오 프로그램을 통해 진행했던 이유는 심사에 영향을 미칠 수 있는 다른 요인들을 일절 배제하고 오직 보컬 실력만으로 수상자를 선정하기 위함이었습니다. 그런데 TV가 아니라 라디오라는 매체를 선택한 것에는 한 가지 이유가 더 있습니다. 대중들에게 신비감과 호기심을 심어 주기 위함이었습니다."

'신비감? 호기심?'

이범주가 이야기에 귀를 기울이고 있을 때, 서진우의 이야기가 이어졌다.

"라디오로 진행했기 때문에 대중들은 여러분들의 정체를 아직 모릅니다. 그래서 '킹 보이스 오브 코리아'의 수상자들은 대체 어떻게 생겼을까? 직업을 뭘까? 이런 호기심을 갖고 있습니다. 그리고 저는 이 신비감과 호기심을 최대한 길게 가져갈 생각입니다. 박준용 씨의 전철을 밟으면 곤란하니까요."

"왜… 또 거기서 내가 나와?"

박준용이 언짢은 기색을 드러냈지만, 이범주는 서진우의 이야기가 일리가 있는 주장이란 생각이 들었다.

'나쁘지 않은 전략이야. 아니, 내게는 맞춤 전략이 아닐까?'

'박준용보다는 내가 낫다.'

내심 이런 생각을 여전히 갖고 있지만, 아까 서진우는 냉정하게 도긴개긴이라고 평가했다.

그리고 평가는 본인보다 남의 평가가 더 정확한 법.

박준용이 실패한 전철을 굳이 따라갈 필요는 없었다.

아니, 실패한 전철은 밟지 않는 것이 맞았다.

그런 의미에서 얼굴 없는 가수라는 전략은 메리트가 있다고 판단했을 때였다.

서진우가 다시 입을 열었다.

"얼굴 없는 가수 전략을 사용하면 아까도 말씀드렸듯이 방송 및 행사 출연을 일절 할 수 없습니다. 그래서 다른 홍보 수단이 필요했기 때문에 뮤직비디오에 공을 들였습니다. 역대 가장 많은 제작비를 들이고, 톱배우들을 섭외해서 최고의 뮤직비디오를 제작해서 방송에 내보낼 겁니다."

'뮤직비디오라.'

이범주는 뮤직비디오 제작 비용이 많아야 천만 원 수준이란 것을 알고 있었다.

그리고 대부분의 뮤직비디오는 가수 본인이 출연해서 노래하는 모습을 담았다.

그런데 서진우의 이야기대로라면 기존의 뮤직비디오와는 전혀 다른 방식의 뮤직비디오가 나올 것 같았다.

"서 이사님, 방금 말씀하신 뮤직비디오에 역대 가장 많은 제작비를 들인다고 하셨는데⋯ 정확히 어느 정도 수준입니까?"

"십억입니다."

"십억⋯ 이요?"

"네."

"그러니까… 뮤직비디오 한 편을 찍는 데 십억을 쓴단 말입니까?"

"맞습니다."

저절로 입이 쩍 벌어지는 금액에 대해서 들은 순간, 이범주는 기대와 우려가 동시에 들었다.

"만약 손해를 보면요?"

그래서 질문하자, 서진우가 대수롭지 않은 말투로 대답했다.

"제가 잘리겠죠."

"네?"

"사실 너무 무모하다고 반대 의견이 많았습니다. 그렇지만 제가 고집을 피워서 계속 밀어붙이고 있습니다. 그리고 저는 성공에 대한 확신이 있습니다. 여러분들의 보컬이 대중들을 사로잡을 수 있을 거라는 믿음이 있거든요."

'정말 최고의 지원을 해 주는 게 맞구나.'

이런 이야기를 들었는데 기대가 생기지 않는다면 거짓말.

'정말 죽을 각오로 노래해야겠구나.'

그와 동시에 부담감을 느끼며 이범주가 단단히 각오를 다졌다.

*　　　　　*　　　　　*

송교창의 오랜 꿈은 영화 감독이었다. 그리고 영화와 관련된 일 외에 다른 일을 하는 것은 전혀 생각해 본 적이 없었다.

"뮤직비디오 연출을 맡아 주십시오."

　그래서 레볼루션필름 서진우 대표가 영화 연출이 아니라 뮤직비디오 연출을 맡아 달라고 부탁했을 때 당황했었다.
　일단 한 번도 뮤직비디오 연출을 해 본 경험이 없었고, 뮤직비디오 연출을 맡는 것이 그다지 내키지 않았기 때문이었다.
　그래서 거절할 생각이었지만, 이미 그에게 받은 계약금이 떠올라서 차마 맡지 않겠다는 말을 꺼내지는 못했다.
　그리고 하나 더.
　서진우와 좋은 인연을 맺어 두면 훗날 영화를 연출할 수 있는 기회가 생기지 않을까 하는 기대도 뮤직비디오 연출을 맡기로 한 이유였다.

"기존의 뮤직비디오와는 철저하게 차별화를 시킬 겁니다. 음, 그냥 한 편의 영화 느낌으로 뮤직비디오를 찍어 주시면 됩니다."

서진우의 요구를 떠올리며 송교창은 콘티를 짜 왔다. 그렇지만 막상 서진우를 만나서 콘티를 내밀 생각을 하니 벌써 불안해졌다.

　'과연… 이걸 수용할까?'

　이 부분에 대한 자신이 없었기 때문이었다.

　그때, 서진우가 카페 안으로 들어왔다.

　"감독님, 잘 지내셨죠?"

　"네."

　"일정을 촉박하게 드려서 죄송합니다."

　"아닙니다. 시간은 충분했습니다. 다만……."

　"다만 뭔가요?"

　"제가 짜 온 콘티가 서 대표님 마음에 드실지 모르겠습니다."

　'매도 먼저 맞는 편이 낫지.'

　어차피 짜 온 콘티였다.

　'이대로 못 한다고 하면 처음부터 다시 짜자.'

　송교창이 결심을 굳히고 작성해 온 콘티를 내밀었다.

　"확인해 보시죠."

　콘티북을 건네받은 서진우가 신중한 표정으로 한 장씩 넘기며 살피기 시작했다.

　'역시 표정이… 안 좋구나.'

　서진우의 반응을 살피던 송교창이 한숨을 내쉬었다.

해외 로케에다가 헬기와 탱크가 등장하고, 대규모 전투신까지 등장하는 콘티대로 촬영을 하려면 최소 5억 이상의 예산이 들었다.

기존 뮤직비디오 한 편의 제작비는 많아야 수백만 원.

무려 수십 배의 제작비가 더 들어가는 셈이었다.

물론 서진우가 돈은 신경 쓰지 말고 하고 싶은 대로 콘티를 짜 오라고 말한 적이 있긴 했지만, 자신이 생각해도 이건 너무 과했단 생각이 들었다.

그래서 송교창이 판사가 내리는 판결을 기다리는 피고인처럼 긴장한 채 앉아 있을 때, 서진우가 콘티 검토를 마치고 입을 뗐다.

"좋네요."

'좋다고?'

예상치 못했던 반응에 오히려 송교창이 당황했을 때였다.

"그런데… 마음에 걸리는 부분이 있습니다."

서진우가 미간을 찌푸린 채 덧붙였다.

'역시… 그렇지.'

"이대로라면 제작비가 너무 많이 들어간다. 시나리오를 수정해라."

입봉작이었던 '불사조' 연출을 할 당시, 수도 없이 들었던 이야기였다. 그리고 서진우 역시 제작비 절감에 관한 이야기를 꺼낼 거라 짐작하며 송교창이 물었다.

"어떤 점이 마음에 걸리십니까?"

"헬기요."

'헬기는 너무 비싸다는 뜻이구나!'

콘티에는 군인들을 태운 군용 수송 헬기 세 대가 등장했다.

촬영을 위해서 군용 수송 헬기를 빌리는 데 돈이 너무 많이 드니까 콘티를 수정하라고 제안 할 거라 생각했는데.

송교창의 예상은 빗나갔다.

"헬기 수가 너무 적네요."

"네?"

혹시 잘못 들은 게 아닐까 해서 반문했었는데.

"헬기 수가 너무 적다고요."

잘못 들은 게 아니었다.

"지금 콘티대로라면 전투 신이 너무 허술할 것 같다는 느낌이 듭니다. 나무 뒤에 숨어서 총 몇 방씩 쏘는 것으로는 전쟁 느낌이 안 납니다. 그래도 명색이 전투 신인데 수백 명의 군인들이 등장해서 수류탄도 좀 터지고, 박격포 같은 것도 쏴야지 박진감이 넘치지 않을까요?"

그리고 서진우의 말은 틀리지 않았다.

하늘에 헬기들 수십 대가 날아다니고, 엑스트라들을 잔뜩 동원해서 군인들 수를 늘리고 수류탄도 터뜨리고 박격포도

마구 쏘아 대면 분명 지금 콘티보다 훨씬 박진감 넘치는 영상을 뽑아내는 것이 가능했다.

하지만 문제는 돈이었다.

자신이 작성해 온 콘티대로 촬영한다 해도 5억이나 든다.

그런데 서진우가 원하는 대로 더 박진감 넘치는 전투 신을 찍기 위해서 콘티를 수정한다면 10억 가까이 제작비가 들 터.

"서 대표님 말씀처럼 하면 제작비가 더 상승할 겁니다."

"감독님이 예상하시는 제작비는 얼마나 됩니까?"

"최선을 다해서 비용을 줄인다고 해도… 8억 가까이 들 겁니다."

'뮤직비디오 한 편에 8억이라.'

자신이 말해 놓고도 깜짝 놀랐을 정도로 거액의 제작비였다.

8억이면 어지간한 상업 영화 한 편의 제작비와 맞먹었으니까.

그래서 서진우도 깜짝 놀랄 거라 예상했는데.

그의 반응은 이번에도 송교창의 예상과 달랐다.

"더 써도 됩니다."

"네?"

"제가 생각했던 예산은 10억이니까요."

"진심… 이십니까?"

"감독님, 이렇게 진지한 얼굴로 농담하는 사람을 보신 적 있습니까?"

"…없습니다."

송교창이 대답한 순간, 서진우가 덧붙였다.

"비슷한 예산으로 뮤직비디오를 두 편 더 찍을 겁니다."

"두 편 더요?"

"네."

"그럼… 총 30억의 예산을 들여서 뮤직비디오 세 편을 찍는다는 겁니까?"

"맞습니다."

"그 세 편을 모두 제가 연출하고요?"

"네. 핵심은 시간입니다. 최대한 빨리 촬영과 편집을 마쳐야만 앨범이 나올 때 뮤직비디오도 같이 공개할 수 있으니까요."

서진우가 진지한 표정으로 꺼낸 이야기를 들은 송교창이 마른침을 꿀꺽 삼켰다.

자신이 맡은 일이 절대 가볍지 않은 일이란 사실을 깨달았기 때문이었다.

"배우는요?"

"원 플러스 원 전략을 쓸 겁니다."

"원 플러스 원이라면?"

"톱 배우와 신인 배우를 매칭시킬 겁니다."

"톱 배우라면 어느 정도 수준의 배우를 말씀하시는 겁니까?"

"전우상, 이강희, 이동제를 염두에 두고 있습니다."

'정말⋯ 톱 배우들이구나. 그런데⋯ 이런 톱 배우들을 뮤직 비디오에 섭외하는 것이 가능한 건가?'

전우상과 이동제, 이강희라면 대작 영화의 주인공급이었다.

그런 배우들을 섭외할 것이라고 자신 있게 말하는 서진우를 확인한 송교창이 의문을 참지 못하고 질문했다.

"아까 말씀하신 배우들을 섭외하는 것이 정말 가능합니까?"

"가능하지 않다면 이야기도 꺼내지 않았을 겁니다."

"하지만……."

"이 배우들의 공통점이 뭔지 아십니까?"

"톱 배우라는 것?"

"그것 말고요."

"그럼 또 무슨 공통점이 있습니까?"

"모두 '블루윈드' 소속 배우들입니다."

"아, 그렇군요."

"그리고 제가 '블루윈드'의 이사입니다."

"네? 그게⋯ 사실입니까?"

서진우에 대해서 조금 조사를 했다.

덕분에 그가 아직 대학생이라는 것을 알게 됐다.

아직 대학생 신분임에도 불구하고 유명 영화 제작사인 레볼루션필름 대표 이사라는 것만으로도 놀라운 일이었는데.

국내 최고의 연예 기획사인 '블루윈드'의 이사 직책도 맡고 있다는 이야기를 듣고 나자 놀라지 않을 수 없었다.

"네, 사실입니다."

"어떻게⋯⋯?"

"제가 좀 다재다능한 편입니다. 어쨌든 이제 세 배우들을 뮤직비디오 출연을 위해서 섭외하는 것이 가능하단 이야기를 믿으시겠습니까?"

"네. 믿겠습니다."

송교창이 두 눈을 빛냈다.

톱 배우들이 출연하고, 제작비를 아낌없이 쏟아부어도 되는 여건이 마련되자 제대로 의욕이 샘솟기 시작했기 때문이었다.

"최선을 다해 연출하겠습니다."

"네. 영화가 아니라 뮤직비디오 연출이라고 해서 너무 아쉬워하지 마십시오. 인생은 모르니까요."

"⋯⋯?"

"이번 뮤직비디오 연출이 감독님의 인생을 바꿔 놓을 수도 있습니다."

오지성 ― 이강희.
전우상 ― 이태리.

이동제 - 채수빈.

내가 염두에 두고 있는 뮤직비디오 주연 배우들이었다.

그리고 이런 조합을 염두에 둔 데는 이유가 있었다.

'킹 보이스 오브 코리아' 수상자들을 데뷔시킨 후 얼굴 없는 가수 전략을 사용하기로 결정한 상황.

대중들이 보고 들을 수 있는 것은 앨범에 실린 노래와 뮤직비디오가 거의 전부이다시피 했다.

그런 대중들은 뮤직비디오 속 남자 주인공들이 노래를 부른 가수라는 착각에 빠질 확률이 높았다.

이것이 내가 톱 배우이자 미남 배우들에게 뮤직비디오 주연을 맡기려는 이유.

그리고 여성 팬들은 여주인공들에게 감정 이입을 하게 마련이었다.

그래서 신인 배우들인 이태리와 채수빈을 투입했다.

물론 이강희는 신인 배우가 아니었다.

그럼에도 그녀를 출연시키려는 이유는 세 명의 수상자 중 첫 스타트를 끊은 이범주의 뮤직비디오는 화제성을 끌어올려야 했기 때문이었다.

"처음 뵙겠습니다. 채수빈이라고 합니다."

그때, '블루윈드' 대표 이사실로 채수빈과 이태리가 들어섰다.

"만나서 반가워."

"언니, 저도 왔어요."

"태리도 왔구나."

채수빈, 이태리와 반갑게 인사를 나눈 이강희가 내게 고개를 돌렸다.

"진우야, 무슨 일로 다 모이라고 한 거야?"

"약속을 지키려고요."

내가 대답하자, 이강희가 의아한 표정을 지었다.

"무슨 약속? 너랑 나 사이에 약속한 게 있었나?"

"이강희 씨와는 약속한 게 없습니다."

"그럼?"

"조 검사님과 약속한 게 있습니다."

"동재 오빠?"

"네."

"동재 오빠랑 무슨 약속을 했는데?"

"이강희 씨를 한류 스타로 만들어 주겠다고 약속했습니다."

이강희에게 설명한 후 이태리에게 고개를 돌렸다.

"그동안 태리도 잘 버텼네."

"응? 응. 아니, 네."

내게 존대를 해야 할지 반말을 해야 할지 몰라서 당황하는 이태리에게 말했다.

"편하게 해. '블루윈드'에 내 직책이 따로 있는 것도 아니니까."

신대섭이 날 서 이사라고 부르긴 하지만, 그건 편의상 사용하는 호칭일 뿐.

난 '블루윈드'에서 따로 맡고 있는 직책이 없었다.

그 점을 상기시킨 후 내가 질문했다.

"혹시 '킹 보이스 오브 코리아'라는 오디션 프로그램 알아?"

Chapter. 4

"선생님, 저 알아요. 이범주 오빠 팬이에요."

채수빈이 이범주의 팬이라는 사실을 고백한 순간, 이강희도 말했다.

"나도 차량으로 이동하다가 몇 번 들어 봤어. 그런데 난 조선호 팬이야. 목소리가 진짜 감미롭더라고."

"맞아요. 조선호 씨 목소리도 진짜 좋아요."

"그러니까."

이강희와 채수빈이 '킹 보이스 오브 코리아'에 대해서 언급하는 것을 듣던 내가 이태리를 바라보았다.

"태리, 넌?"

"난 처음 들어 봐."

"그럼 나중에 한 번 들어 봐. 다 들어 볼 필요는 없고 마지막 방송분만 들어 봐."

"알았어. 그런데… 왜 갑자기 들어 보라는 거야?"

"'킹 보이스 오브 코리아'의 수상자들과 JK미디어가 계약을 체결하고 곧 앨범을 발매해. 그리고 앨범 발매에 앞서서 뮤직비디오를 촬영할 건데… 여기 있는 세 사람은 모두 그 뮤직비디오에 출연할 거야."

"내가… 뮤직비디오에 출연한다고?"

"그래."

"나한테는… 처음으로 주어진 기회네."

'블루윈드'와 계약을 체결하긴 했지만, 이태리는 영화나 드라마에 출연한 적이 없었다.

아직 계약을 체결한 지 얼마 안 된 데다가 신대섭이 지시한 대로 연기 수업을 받는 과정이었기 때문이었다.

"열심히 할게."

"그래."

이태리와 대화를 마친 내가 채수빈에게 고개를 돌렸다.

"수빈이도 이번에 데뷔하네."

"저도… 출연하는 거예요?"

"그래."

"제가… 잘할 수 있을까요?"

살짝 두려운 표정을 짓고 있는 채수빈에게 물었다.

"자신 없으면 빠질래?"

"아니요. 할 수 있어요."

찾아온 기회를 놓치지 않기 위해서 의욕을 드러내는 채수빈을 확인한 내가 고개를 끄덕인 후 설명했다.

"뮤직비디오 연출은 송교창 감독님이 맡을 겁니다. 제작비는 편당 십억. 한 편의 영화 못지않은 스토리를 바탕으로 감각적인 영상을 뽑아낼 겁니다."

5분짜리 뮤직비디오 한 편 제작비가 십억이란 이야기를 들은 세 배우는 예상대로 깜짝 놀란 표정을 지었다.

그리고 대표로 신대섭이 입을 열었다.

"서 이사, 너무 무리하는 것 아냐?"

그는 걱정스러운 표정을 짓고 있었지만, 난 확신에 찬 목소리로 대답했다.

"무리하는 것 아닙니다. 본전을 뽑고도 남을 테니까요."

"하지만……."

"나중에 저한테 고마워할 겁니다."

"……?"

"이 뮤직비디오에 출연하는 것이 '블루윈드' 소속 배우들이 한류 스타로 올라서는 발판이 될 테니까요."

*　　　　*　　　　*

시간은 빠르게 흘렀다.

"여기도 오랜만이네."

한국대 앞 포차로 들어선 내 눈에 손을 번쩍 들어 올리고 있는 유승아가 보였다.

"서진우, 여기야."

"일찍 오셨네요."

"심장이 너무 두근거려서 좀 일찍 와서 맥주 마시고 있었어."

유승아의 앞에 놓여 있는 생맥주잔이 이미 절반쯤 비어 있는 것을 확인한 내가 물었다.

"'그대와 함께' 뮤직비디오가 공개되는 날인데 왜 선배가 긴장한 겁니까?"

이범주의 데뷔 앨범 타이틀곡은 '그대와 함께'.

앨범 발매 하루 전인 오늘, 최초로 뮤직비디오가 공개됐다. 그리고 뮤직비디오를 공개하는 프로그램은 현재 평균 시청률 25%를 기록하며 인기를 구가하고 있는 일요일 저녁 예능 프로그램인 '일요일 밤은 즐거워'였다.

"벌써 잊은 건 아니지?"

"뭘 말입니까?"

"내가 JK미디어에 백억을 투자한 투자자라는 사실 말이야."

"그래서 긴장한 겁니까?"

"자칫 잘못하면 백억을 허공에 날릴 수도 있는 판국인데 어떻게 긴장하지 않을 수 있겠어?"

'그럴 만하네.'

내가 속으로 생각할 때, 유승아가 말했다.

"하여간 특이해."

"뭐가 말입니까?"

"넌 지금도 전혀 긴장한 기색이 없으니까."

유승아의 말을 들은 내가 대답했다.

"난 이미 뮤직비디오 완성본을 봤거든요."

"어땠어?"

"조금만 더 기다렸다가 직접 확인하시죠."

'끝내줍니다.'

송교창 감독이 연출한 '그대와 함께' 뮤직비디오.

내가 기대했던 것 이상이었다.

그래서 유승아에게 끝내주게 잘 나왔다고 자랑하고 싶은 것을 필사적으로 참으며 난 포차 내부를 둘러보았다.

포차 안에는 재학생들과 직장인들이 절반쯤 뒤섞인 채 일요일 저녁의 여유를 만끽하고 있는 중이었다.

"오지성, 진짜 잘생겼다."

"진짜 남자답게 생겼어."

"남자인 내가 봐도 잘생기긴 했다."

"어머, 이영주를 번쩍 들었어. 힘도 장난 아니게 세."

"그런데 오지성은 예능 출연 안 하기로 유명하지 않아? 무슨 바람이 불어서 '일요일 밤은 즐거워'에 출연한 거야?"

포차 안에 설치된 대형 TV를 통해 '일요일 밤은 즐거워'를 시청하던 남녀 손님들이 게스트로 출연한 오지성을 보며 즐거워했다.

그리고 손님들의 마지막 질문에 대한 답은 내가 알고 있다.

평소 예능 프로그램에 거의 출연하지 않던 오지성이 '일요일 밤은 즐거워'에 게스트로 출연한 이유는… 뮤직비디오 홍보를 위함이었다.

'일요일 밤은 즐거워' 방송 도중에 '그대와 함께' 뮤직비디오를 틀어 주는 것이 오지성이 게스트로 출연하는 조건.

그리고 오지성만 게스트로 출연한 것이 아니었다.

"어머, 이강희도 나왔어."

"강희 언니, 요새 예능 한참 안 나오지 않았어?"

"홍보하러 나왔나 보지. 둘이 영화라도 찍었나?"

"강희 언니 영화 출연한단 이야기 없었는데."

"오지성도 마찬가지야."

오지성에 이어서 이강희가 게스트로 등장하자, 손님들이 다시 갑론을박을 시작했다.

그사이, '일요일 밤은 즐거워' 진행자 중 한 명인 신동호가 특유의 짓궂은 표정을 지은 채 이강희와 인터뷰를 진행했다.

"이상한데요."

"뭐가요?"

"오지성 씨에 이어서 이강희 씨까지. 예능 프로그램 출연을 안 하시기로 소문난 두 배우분이 함께 우리 프로그램에 게스트로 출연한 것 말입니다. 아무래도 수상하단 뜻입니다. 그래서 혹시 작품을 홍보하기 위해서 나오신 게 아닐까? 이런 의심이 들어서 제가 따로 조사를 해 봤는데 두 분이서 함께 찍은 영화나 드라마는 없더라고요. 그래서 제가 나름대로 이유에 대해서 고민을 해 봤는데… 혹시 저 때문인가요?"

"네?"

"이강희 씨가 저를 만나고 싶어서 '일요일 밤은 즐거워'에 게스트로 출연하신 게 아닌가? 이런 생각을 해 봤습니다."

"……."

"아니군요. 죄송합니다. 제가 얼마 전 설문 조사에서 가장 사귀고 싶은 개그맨 1위에 오른 후에 너무 자신감이 과했습니다. 빠른 사과 드리겠습니다."

"하하!"

"호호!"

신동호의 너스레에 포차 안 손님들이 웃음을 터뜨린 순간, 이강희가 입을 뗐다.

"저 눈 높아요."

재치 있는 대답에 재차 터지는 폭소.

그렇지만 난 함께 웃지 못했다.

그녀의 눈이 그리 높지 않다는 것을 알고 있어서였다.

'지금쯤 조 검사님 입이 귀에 걸리셨겠네.'

이 방송을 어디선가 보고 있을 조동재의 환하게 웃는 모습을 떠올렸을 때, 신동호가 한숨을 내쉬며 말했다.

"굳이 확인 사살까지 하실 필요가 있으신가요?"

"잘못은 바로잡아야 맞다고 생각해서요."

"네. 역시 소문대로 정의감이 넘치시네요. 제 입장에서는 조금 속상하긴 하지만… 그건 중요한 게 아니니까 넘어가도록 하겠습니다. 그리고… 일단 저를 보기 위해서 우리 프로그램에 출연하신 것은 아니란 것이 판명됐으니까 이유가 더 궁금해집니다. 이강희 씨와 오지성 씨가 우리 프로그램에 게스트로 출연해 주신 이유, 대체 무엇입니까?"

"홍보 때문에 나왔습니다."

"홍보요? 아까도 말씀드렸듯이 제가 알아보니까 최근에 두 분이 함께 출연한 영화나 드라마가 없던데요?"

"네, 영화나 드라마에 함께 출연한 작품은 없습니다. 대신 뮤직비디오에 오지성 씨와 제가 함께 출연했습니다."

"뮤직비디오요?"

"네."

"아니, 영화나 드라마도 아니고 뮤직비디오에 톱스타 중의 톱스타인 두 분이 함께 출연하신 겁니까? 대체 어느 가수의 뮤직비디오이길래 두 분이 함께 출연하셨던 거죠?"

"혹시 '킹 보이스 오브 코리아'라는 오디션 프로그램을 알고 계신가요?"

"그럼요. 당연히 알고 있죠. 시청자분들도 많이 알고 계실 겁니다."

"'킹 보이스 오브 코리아'에서 우승을 차지했던 이범주 가수님의 데뷔 앨범 타이틀곡인 '그대와 함께'의 뮤직비디오에 출연했습니다."

"아, 그럼 이범주 씨의 데뷔 앨범이 나온 겁니까?"

"아니요. 정식 발매일은 내일입니다. 하루 전에 방송 최초로 '일요일 밤은 즐거워'에서 뮤직비디오를 공개하는 것이고요."

"두 분이 함께 출연하신 뮤직비디오가 벌써 궁금해지네요. 시청자 여러분들도 '킹 보이스 오브 코리아' 우승자인 이범주 씨의 신곡과 뮤직비디오가 많이 궁금하시죠? 그럼 바로⋯ 확인해 보기 전에 질문 하나만 더 하겠습니다. 오지성 씨와 이강희 씨는 뮤직비디오에 출연하신 만큼 이미 이범주 씨의 신곡인 '그대와 함께'라는 곡을 들어 보셨죠?"

"네."

"그렇습니다."

"오지성 씨, 어땠습니까?"

"음, 제가 발라드를 그렇게 좋아하지 않는데 이번 노래는 진짜 좋았습니다. 괜히 이범주 씨가 오디션 우승을 차지한 게 아니구나 하는 생각이 들었습니다."

"이강희 씨는요?"

"멜로디와 노랫말이 너무 좋아요. 거기에 이범주 씨의 보컬은 정말 심금을 울립니다. 그리고… 저희가 출연한 뮤직비디오도 아주 좋습니다. 기대하셔도 좋습니다."

"아, 이제 더는 궁금해서 못 참겠습니다. 오지성 씨와 이강희 씨가 함께 출연한 이범주 씨의 데뷔 앨범 타이틀곡 '그대와 함께' 뮤직비디오를 보고 와서 다시 얘기 나누시죠. 자, 함께 감상하시죠."

마침내 TV 화면에 '그대와 함께' 뮤직비디오가 흘러나오기 시작했다.

쾅, 쾅, 콰앙.

전주 대신 폭음이 터져 나오며 대규모 전투 신으로 시작되는 뮤직비디오 도입부는 대작 영화 전투 신과 비교해도 손색이 없을 정도로 영상미가 훌륭했다.

그래서일까.

뮤직비디오 감상에 집중하느라 시끄럽던 포차 안이 일순 조용하게 변한 순간, 전주가 흘러나오기 시작했다. 그리고 담담하면서도 애절한 이범주의 보컬이 합쳐지면서 뮤직비디오가 본격적으로 진행됐다.

약 오 분의 시간이 흐른 후, 뮤직비디오가 끝이 났다.

"내가 방금 뭘 본 거야?"

"영화보다 더 재밌다."

"야, 너 왜 울어?"

"이범주 노래 진짜 잘한다."

"미쳤는데? 무슨 뮤직비디오가 영화보다 영상미가 더 좋아."

그리고 뮤직비디오가 끝나자마자 크게 술렁이기 시작하는 포차 내 반응을 살피던 내가 만족스레 웃으며 유승아에게 물었다.

"어때요?"

"미쳤다."

"이범주의 보컬도 미쳤고, 뮤직비디오에 출연한 배우분들의 연기도 미쳤다는 뜻이죠?"

"아니."

"그럼 뭐가 미쳤다는 겁니까?"

"서진우, 너 진짜 미쳤다고."

유승아가 새삼스러운 시선을 던지며 덧붙였다.

"방금… 가요계 트렌드를 바꿔 버렸으니까."

*　　　　*　　　　*

수요일 저녁.

치킨집은 퇴근한 직장인들과 대학생들로 붐비고 있었다.

약속 시간보다 일찍 도착한 이범주가 테이블에 혼자 앉아서 TV를 바라보았다.

가요톱 100.

TV에서 흘러나오는 음악 방송이었다.

"믿기지가… 않네."

화면 상단에는 금주의 1위 후보 2곡이 떠올라 있었다. 그리고 1위 후보에 올라 있는 두 곡 중 한 곡이 바로 자신의 노래인 '그대와 함께'였다.

"이런 날이 올 줄이야."

언젠가 데뷔를 하고 가요톱 100에 출연해서 노래를 하는 것.

이범주의 꿈이자 목표였었다.

그런데 지금 자신의 데뷔곡인 '그대와 함께'가 가요톱 100 1위 후보에 올라 있으니 쉬이 믿기지 않는 것이었다.

그리고 하나 더.

이범주는 앨범을 낸 후 한 번도 방송에 출연하거나 행사에 참석한 적이 없었다.

아니, 아예 무대에 선 적이 없었다.

그럼에도 불구하고 '그대와 함께'가 가요톱 100 1위 후보에 오른 것이다.

이범주 입장에서는 말 그대로 불가사의한 일이었다.

"이범주 노래 진짜 잘하지?"

"목소리가 녹더라. 노래 들을 때마다 진짜 울컥한다니까."

"난 뮤직비디오 언제 나오는지 매일 체크하고 있다니까."

"뮤직비디오 볼 때마다 내가 여주인공 된 느낌이야."

"근데 이범주는 왜 방송 출연을 안 해? 오늘 1위 후보에 올랐는데도 출연 안 한다고 하던데?"

"엄청 못생긴 것 아냐? 그래서 안 나오는 것 같은데."

"내 생각엔 반대인 것 같아. 기대치를 확 낮췄다가 짠하고 나타나려는 거지. 설마… 오지성보다 더 잘생긴 것 아냐?"

손님들이 나누는 대화에 귀를 기울이던 이범주가 본능적으로 고개를 숙였을 때였다.

"왜 고개를 숙이고 계십니까? 무슨 죄지었습니까?"

서진우가 다가와 맞은편에 앉더니 물었다.

"아, 오셨어요?"

서진우의 목소리를 들은 이범주가 숙이고 있던 고개를 들며 인사했다.

"네. 일찍 오셨네요."

"딱히 할 일이 없어서 좀 일찍 와 있었습니다."

이범주가 솔직하게 대답했다.

아까도 말했듯이 방송 출연도 하지 않고 행사도 뛰지 않다 보니까 딱히 할 일이 없어서 시간이 남아돌았다.

"그런데 왜 아까 고개를 숙이고 계셨던 겁니까?"

"모르겠습니다."

"네?"

"음, 도둑이 제 발 저렸던 거라고 표현하면 적당할까요? 사람들이 저에 대해서 궁금해하는 이야기를 들으니까 갑자기 숨고 싶네요."

"그럴 필요 없습니다. 죄지은 것도 아닌데 왜 그러십니까?"

"저도 알지만… 좀 불안하긴 합니다."

"뭐가 불안하신 겁니까?"

"이러다가… 영원히 얼굴 없는 가수로 끝나는 게 아닐까 하는 생각이 자꾸 들어서요."

이범주가 꺼낸 대답을 들은 내가 고개를 끄덕였다.

갑자기 인기를 얻게 되면 부담이 커지는 법.

게다가 뮤직비디오가 큰 인기를 얻으면서 이범주에 대한 기대치가 워낙 높아진 상황이라 당황스러우리라.

'이제 남은 패가 없다고 생각할 수도 있어.'

얼굴을 공개하면 오히려 역효과가 날 수도 있다. 그리고 보컬 실력을 제외하고는 내게 보여줄 수 있는 게 없다.

이범주가 이런 생각을 갖고 있다는 것을 간파한 내가 입을 뗐다.

"이범주 씨에게 출연 섭외가 쇄도하고 있습니다."

"그렇… 습니까?"

"네."

"괜한 짓들을 하고 있네요."

이범주가 쓴웃음을 지은 채 평가한 순간, 내가 고개를 가로 저었다.

"괜한 짓을 하고 있는 건 아닙니다. 곧 방송을 잡을 생각이 니까요."

"정말… 입니까?"

"네. 이제 적당한 때가 다가오고 있습니다."

기대 반, 두려움 반.

곧 방송 출연을 할 거란 이야기를 들은 이범주의 표정에는 두 가지 감정이 함께 떠올라 있었다.

그리고 기대보다는 두려움이 좀 더 큰 듯했다.

"그래도 괜찮습니까?"

정말 방송에 출연해도 괜찮냐고 질문하는 이범주에게 내가 대답했다.

"안 될 이유가 없잖습니까?"

"하지만 지난번에 서 이사님께서도 말씀하셨지 않습니까? 방송에 출연해서 얼굴이 공개되면 앨범 판매량이 급락할 수 도 있다고요."

"상관없습니다. 이미 팔 만큼 팔았거든요."

"네?"

"농담입니다. 이범주 씨가 방송에 출연해서 얼굴이 공개되 면 앨범 판매량이 하락하기는 할 겁니다. 그렇지만… 언제까 지 얼굴 없는 가수로 남을 수는 없는 노릇이죠."

이범주의 앨범이 발매된 지 약 한 달이 흐른 시점.

앨범 판매량은 삼십만 장에 육박했다.

아까 내가 농담처럼 던졌던 앨범을 팔 만큼 팔았다는 이야기.

완전히 농담인 것만은 아니었다.

진심도 조금 섞여 있었다.

앨범 판매량이 삼십만 장에 육박하면서 이미 손익분기점은 훌쩍 넘긴 상황이었기 때문이었다.

그리고 계속 얼굴 없는 가수로 활동할 수는 없는 노릇이었기에 이제 출구 전략을 마련해야 할 타이밍이었다.

"일단은 라디오 프로그램부터 출연할 생각입니다."

"라디오 프로그램에만 출연하면… 얼굴 없는 가수로 활동하는 것은 마찬가지 아닙니까?"

이범주의 반박에 난 고개를 가로저었다.

"시작이 라디오 프로그램이라는 겁니다."

"……?"

"그 후에는 TV 프로그램에도 점차 출연할 겁니다. 그런데 왜 라디오 프로그램부터 시작하는 것이냐? 이범주 씨는 이 지점에 의문을 품었을 텐데… 거기에는 나름대로 이유가 있습니다."

"어떤 이유입니까?"

"기대치를 낮추기 위함입니다."

내가 이유를 알려 주었지만, 이범주는 제대로 이해한 기색이 아니었다.

그런 그의 이해를 돕기 위해서 내가 부연하여 설명했다.

"발 없는 말이 천 리 간다는 속담, 알고 계시죠? 방송계는 특히 소문이 빠릅니다. 이범주 씨가 라디오 프로그램에 출연하게 되면 분명히 이범주 씨와 관련된 루머가 돌기 시작할 겁니다."

"하지만… '킹 보이스 오브 코리아'에 참여하느라 '한밤의 음악 도시'에 계속 출연할 당시에는 아무런 루머도 돌지 않았지 않습니까?"

"그때와는 다릅니다."

"왜 다르다는 겁니까?"

"당시에는 오디션 프로그램이었기 때문에 참가자에 대한 신상 정보에 대해서 비밀을 유지하는 것이 중요했습니다. 그래서 철저하게 입단속을 했습니다. 그래서 이범주 씨를 비롯한 참가자들에 대한 루머가 돌지 않았던 겁니다. 그렇지만 이번에는 입단속을 하지 않을 생각이니까 방송 관계자들이 이범주 씨에 대해서 이런저런 정보를 많이 흘릴 겁니다."

"아!"

"그리고 이범주 씨에 대해서 루머가 돌기 시작하면 대중들의 기대치가 낮아질 겁니다."

"……?"

"뮤직비디오에 주연으로 출연했던 오지성 수준의 외모는 아니다. 이런 루머가 돌기 시작할 테니까요."

이범주의 기분이 상하지 않도록 내가 최대한 돌려 말해 주자, 그가 자조 섞인 표정을 지으며 말했다.

"저에 대해서 키도 작고 못생겼다는 루머가 돌기 시작하면 대중들의 기대치가 낮아질 거란 얘기군요."

"네."

내가 솔직하게 인정하자, 그가 다시 물었다.

"그다음은요?"

"일단 기대치를 낮춘 후에 TV 프로그램에 출연할 겁니다. 그럼 대중들의 배신감이 줄어들겠죠."

"배신감은 줄어들겠지만… 앨범 판매량이 떨어지는 것은 역시 어쩔 수 없겠네요."

이범주가 씁쓸한 목소리로 꺼낸 이야기를 들은 내가 덧붙였다.

"그건 각오해야죠. 다만… 앨범 판매량이 그렇게 많이 급락하지는 않을 겁니다. 새로운 팬들이 유입될 가능성이 높다고 보고 있거든요."

"새로운 팬이요?"

"네. 음악을 좋아하는 건 여성 팬만이 아니니까요."

"……?"

"남성 팬들이 이범주 씨의 새로운 팬이 될 겁니다. 연예인처럼 잘생기지 않은 동네 형 같은 외모의 이범주 씨가 진심을 담은 노래를 불러서 가수로 데뷔하고 성공하는 모습이 남성 팬들에게는 희망을 줄 겁니다. 그리고 동질감을 느끼면서 새로운 팬으로 유입될 겁니다."

"정말… 그럴까요?"

"다른 음반 제작자들의 생각은 다를지 몰라도 저는 가수란 결국 노래를 잘하는 것이 가장 중요하다고 생각합니다. 음, 굳이 비교를 하자면 이창성 씨가 이범주 씨의 롤 모델이 되겠네요."

이창성도 여성 팬보다 남성 팬들이 더 많은 가수였다.

무척 특이한 케이스.

그 사실을 알고 있는 듯 이범주가 고개를 끄덕였다.

"무슨 말씀인지 이해했습니다."

"그럼 됐네요."

"제가 미처 생각하지 못했던 출구 전략이네요. 제가 가수로 데뷔할 수 있는 기회를 주신 것으로 모자라 부족한 절 위해서 이렇게까지 신경 써 주셔서 진심으로 감사합니다."

이범주의 진심이 담긴 감사 인사를 들은 내가 웃으며 말했다.

"그럼 제 부탁 하나 들어주시겠습니까?"

"부탁이요?"

긴장한 표정으로 되묻는 그에게 내가 말했다.

"그리 어려운 부탁은 아니니까 긴장하실 필요 없습니다."

"어떤 부탁입니까?"

"나중에 축가 한 번만 부탁드립니다."

"축가요?"

"네."

"결혼식 축가를 말씀하시는 겁니까?"

"맞습니다."

"괜히 긴장했네요. 그게 뭐 그리 어려운 일이라고. 당연히 불러 드려야죠. 그런데 정말 이게 다입니까?"

"네. 이거면 충분합니다."

훗날 보컬 삼대장 중 한 명이 되는 이범주에게는 축가 요청이 쇄도한다.

그러나 그는 결혼식 축가를 부르지 않기로 소문난 가수.

그런 그에게 축가를 불러 주겠다는 약속을 받아 낸 것으로 난 만족했다.

"자, 이제 고민도 어느 정도 해결된 것 같으니 맥주 한잔할까요?"

"네."

채앵.

한 차례 건배하고 시원한 맥주를 마시며 내가 TV로 고개를 돌렸다.

"1위, 발표하네요."

가요톱 100에서는 금주의 1위 곡 발표를 앞두고 있었다.

"제가 1위를 차지하기는 힘들 겁니다."

본인이 부른 노래인 '그대와 함께'가 1위 후보에 올라 있었지만, 이범주는 전혀 기대하는 기색이 아니었다.

"방송 출연을 한 적이 없으니까요."

이범주가 기대하지 않는 이유.

1위 곡을 선정하는 데 있어서 방송 출연 횟수도 높은 비중을 차지한다는 사실을 알고 있어서였다.

그리고 하나 더.

"제가 알기로 가요톱 100에 출연하지 않은 가수가 1위를 차지한 적은 한 번도 없습니다."

이범주가 '그대와 함께'가 1위를 차지할 수 없는 이유를 추가했다.

하지만 내 생각은 달랐다.

"저는 이범주 씨가 1위를 차지할 것 같은데요."

"왜 그렇게 생각하십니까?"

"앨범 판매량이 경쟁 후보에 비해서 압도적이거든요."

"하지만……."

"누구 말이 맞는지 두고 보시죠."

나와 이범주가 TV에 시선을 고정하고 있을 때, 가요톱 100 진행자가 금주 1위 곡을 발표했다.

"자, 1위 후보에 오른 두 곡 가운데 1위를 차지한 곡은 어떤 곡일까요? 금주의 1위는… '그대와 함께'입니다!"

내 이야기를 듣고 자신도 모르게 기대가 생겼기 때문일까.

발표를 앞두고 긴장하고 있던 이범주는 '그대와 함께'가 가요톱 100 금주의 1위 곡으로 발표된 순간, 주먹을 불끈 움켜쥐며 말했다.

"제가… 진짜, 정말로 1등을 했습니다."

"축하드립니다."

"제가 틀렸고, 서 이사님 말씀이 옳았네요."

감격한 표정의 이범주에게 내가 질문했다.

"역사를 새로 쓴 기분이 어떠십니까?"

＊　　　　＊　　　　＊

오랜만에 채동욱의 집을 찾아갔다.

"선생님, 자주 좀 들르세요."

양미향은 예전보다 날 더 반갑게 맞이해 주었다.

그리고 채수빈의 과외 선생이었을 때와 마찬가지로 상다리가 휘어질 정도로 음식을 잔뜩 마련한 채 날 기다렸다.

"잘 지내셨죠?"

"호호. 요새 제 어깨에 힘이 엄청 들어갔어요. 수빈이가 한국대학교에 입학한 데다가 곧 연예인으로 데뷔한다는 소식을 듣고 나서 다들 부러워서 죽으려고 하거든요."

"부러워할 만하죠."

"그렇죠. 요새 축하 인사받으면서 밥 사느라 정신이 없답니다."

내가 양미향과 인사를 나누고 있을 때, 채동욱의 목소리가 들려왔다.

"서 선생, 왔으면 어서 들어와."

"네."

"시장한가?"

"아닙니다."

"그럼 밥은 조금만 있다가 먹지. 이제 곧 시작할 테니까."

거실 소파에 앉아 있는 채동욱이 기다리는 것.

채수빈이 주연으로 출연하는 뮤직비디오였다.

'TV가… 바뀌었네.'

예전에 과외를 하기 위해서 찾아왔을 때와 TV가 바뀌었다는 사실을 난 빠르게 간파했다.

'엄청 비싸겠네.'

대형 TV를 확인한 내가 속으로 생각할 때, 채동욱이 말했다.

"현존하는 TV 중 가장 큰 TV일세. 우리 수빈이가 출연하는 뮤직비디오를 보기 위해서 새로 구입했지."

'역시… 스케일이 남달라.'

딸 바보 면모를 보여 주고 있는 채동욱을 향해 내가 혀를 내 둘렀을 때, '일요일 밤은 즐거워' 진행자인 신동호가 전우상과 인터뷰를 하는 내용이 흘러나왔다.

"전우상 씨의 뮤직비디오 데뷔작인 셈이죠?"

"그렇습니다."

"'킹 보이스 오브 코리아'의 수상자인 조선호 씨의 데뷔곡이기도 하고요."

"네. 그리고 뮤직비디오에서 저와 주연으로 호흡을 맞춘 채수빈 씨의 데뷔작이기도 합니다."

"그렇지 않아도 벌써부터 채수빈 씨에 대해서 궁금해하시는 분들이 많습니다. 대작 뮤직비디오를 통해서 데뷔하는 행운을 누리게 됐는데… 미인인가요?"

"네. 대단한 미인입니다. 그리고 지성과 미모를 겸비했습니다."

"미인인 데다가 지성도 겸비했다?"

"현재 한국대학교에 재학 중이거든요."

"그 말씀을 들으니까 더욱 궁금해지네요."

신동호가 호들갑을 떨고 있는 것을 지켜보던 채동욱이 말했다.

"내 딸이라서 하는 말이 아니라… 우리 수빈이 정도면 지성과 미모를 겸비한 재원 중의 재원이지. 안 그런가?"

"그럼요."

내가 맞장구를 쳐 준 순간, 신동호가 진행을 이어 나갔다.

"자, 여러분. '킹 보이스 오브 코리아' 수상자였던 이범주 씨의 데뷔곡인 '그대와 함께' 뮤직비디오에 이어서 조선호 씨의 데뷔곡인 '알고 있나요?'의 뮤직비디오도 우리 프로그램에서 최초 단독 공개합니다. 기대하셔도 좋습니다. 자, 그럼 함께 보시죠."

뿌우우.

기차의 경적 소리와 함께 기차역에 서 있는 채수빈의 모습이 등장했다.

'예쁘네.'

팔이 안으로 굽는 것이 아니었다.

기차역에 서 있는 채수빈의 청순한 외모는 심장이 두근거리게 만들 정도로 아름다웠다.

그리고 조폭들에게 쫓기던 전우상이 그들의 추적을 피하기 위해서 채수빈을 돌려세워 포옹하는 장면에서 전주가 시작됐다.

놀란 채수빈의 표정이 클로즈업된 순간, 채동욱이 못마땅한 표정을 지었다.

딸이 외간 남자와 포옹하는 것이 심기를 불편하게 만든 것이리라.

'원래는 키스 신이었습니다.'

그 반응을 살피던 내가 속으로 말했다.

송교창 감독이 원래 짠 콘티에서는 기차역에서 두 사람은 키스를 했었다.

그렇지만 그 콘티를 확인한 내가 강하게 반대한 덕분에 키스 신 대신 포옹하는 것으로 콘티가 바뀌었다.

그 사실을 채동욱에게 알려 줄지에 대해서 고민하는 사이 뮤직비디오가 본격적으로 시작됐다.

감미로운 조선호의 목소리가 애절하기 짝이 없는 사랑에 관한 내용에 얹히면서 마치 한 편의 영화 같았던 뮤직비디오가 끝이 났다.

"수빈아."

"응?"

"끝났다."

채동욱이 알려 주고 나서야 채수빈이 쑥스러운 표정으로 2층에서 내려왔다.

"집에 있었어?"

"네."

"그런데 왜 같이 안 봤어?"

내가 묻자, 채수빈이 상기된 얼굴로 대답했다.

"너무 부끄러워서요."

그리고 대답을 마친 채수빈이 채동욱의 눈치를 살피며 물었다.

"아빠, 어땠어?"

"고민 중이다."

"무슨 고민?"

"이참에 영화 제작사를 하나 차릴까 하는 고민."

"······?"

"서 선생이 시나리오 쓰고 수빈이가 주연을 맡는 영화를 제작해도 흥행에 성공할 거란 생각이 들어서 말이지."

"잘했단 뜻이지?"

"그래. 고생했다."

아빠인 채동욱의 칭찬에 채수빈은 기쁜 기색을 감추지 못했다.

"서 선생 생각은 어떤가?"

잠시 후, 채동욱이 내게 물었다.

"승산이 있을 것 같지 않은가?"

"분명히 승산은 있습니다. 그런데······."

"그런데 뭔가?"

"아직은 조금 이릅니다. 수빈이의 인지도와 연기력을 더 끌어올리고 난 후에 영화에 출연하는 편이 나을 것 같습니다."

"그런가?"

"네."

"서 선생 말을 듣고 나니 내가 너무 서둘렀던 것 같군."

채동욱은 더 길게 이야기하지 않고 수긍한 후 화제를 전환했다.

"이번에도 서 선생이 멋지게 해냈군. 솔직히 말하면··· 이번에는 좀 회의적이었어. 뮤직비디오 한 편을 찍는 데 10억이란 거금을 투자하는 것 말이야."

"네. 그렇지 않아도 반대가 많았습니다."

"그런데 결국 서 선생이 밀어붙여서 성공시켰군. 대단해."

"시도해 볼 가치가 충분하다고 생각했으니까요."

"그래. 그동안 하지 않았던 새로운 걸 시도해서 성공시키면 훨씬 더 큰 수익을 거둘 수 있는 법이니까. 나도 서 선생의 행보를 보면서 느끼고 배우는 게 많아."

"과찬이십니다."

"이건 투자자로서 궁금해서 하는 질문인데… 투자금은 회수했나?"

"이범주의 데뷔 앨범이 50만 장 넘게 팔렸습니다. 이미 투자금은 회수한 지 오래입니다."

"그럼 앞으로 계속 수익이 날 일만 남았다는 거로군."

투자자답게 채동욱은 적극적으로 투자 수익에 관심을 드러 냈다.

"이범주와 조선호는 다른 점이 있다며?"

"조선호 씨가 이범주 씨에 비해서 조금 더 미남이긴 합니다."

"수빈이 말로는 조금이 아니라던데?"

"……?"

"배우 뺨치게 잘생겼다고 하더라고."

"미남인 것은 맞습니다."

"그럼 전략을 바꾸는 편이 더 낫지 않을까?"

"무슨 말씀이신지……?"

"이범주의 얼굴을 뮤직비디오 공개 후에 두 달 정도 지나서 공개한 전략 말일세. 앨범 판매량을 극대화시키기 위한 전략이었지 않은가?"

"네. 맞습니다."

"그 전략을 이번에는 바꾸는 게 더 효과가 있지 않을까? 그런 생각이 들었네. 조선호는 이범주와 경우가 다르니까 말일세."

조선호의 얼굴을 일찍 공개할 경우 오히려 앨범 판매량이 더 늘 수 있다는 뜻이었다.

그런 채동욱의 주장도 일리가 있었다.

하지만 내 의견은 조금 달랐다.

"같은 전략을 쓸 겁니다."

"이유가 있나?"

"크게 두 가지 이유가 있습니다. 우선 '킹 보이스 오브 코리아'는 단기 프로젝트가 아니라 장기 프로젝트이기 때문입니다."

"장기 프로젝트라면… 이게 끝이 아니란 뜻인가?"

"네. '킹 보이스 오브 코리아'는 시즌 1에서 끝나는 게 아닙니다. 시즌 2, 시즌 3까지 계속 이어질 겁니다. 그래서 일관성이 중요합니다. 뮤직비디오로 먼저 데뷔한 후, 약 두 달가량 시간이 흐른 후 얼굴을 공개하는 패턴을 계속 유지해야 대중들의 관심을 꾸준히 모을 수 있습니다."

"거기까지는 내가 생각 못 했군."

"그리고 두 번째 이유는 기대치를 일부러 낮춘 상태이기 때문입니다."

"그건 또 무슨 뜻인가?"

"이번 '킹 보이스 오브 코리아' 수상자 중 이범주 씨를 가장 먼저 데뷔시키기로 결정한 데는 이유가 있습니다."

"오디션 우승자이기 때문에 가장 먼저 데뷔시켰던 게 아닌가?"

"그래서 이범주 씨를 가장 먼저 데뷔시킨 것은 아닙니다. 다분히 전략적인 선택이었습니다."

"전략적인 선택?"

"대중들의 기대치를 낮추기 위한 선택이었죠."

이범주가 TV 프로그램에 출연하며 얼굴이 공개됐을 때, 대중들은 실망했다.

그래서 기대치가 낮아진 상태에서 조선호의 얼굴이 공개될 경우, 대중들의 반향이 더욱 커지게 마련이었다.

반면 조선호의 얼굴을 먼저 공개했다면 이범주가 뒤이어 공개됐을 경우 더 크게 실망할 것이었다.

이범주에 이어 조선호가 등장해야 향후에 차례로 등장하게 될 '킹 보이스 오브 코리아' 수상자들에게도 계속 관심을 가지게 될 터.

"서 선생 말대로 조선호의 얼굴 공개를 늦추면서 기대감을 최소한으로 낮추는 데 성공한다면… 오히려 얼굴을 공개했을 때 효과가 극대화될 수도 있겠군. 내 생각이 짧았어."

한 수 배웠다는 표정을 지은 채 채동욱이 덧붙였다.

"JK미디어와 '블루윈드'에 투자하는 선택을 내리길 잘했군."

자화자찬을 하는 채동욱에게 내가 조언했다.

"실수하신 겁니다."

"응?"

"투자금이 너무 적었습니다."

"투자금이 적었다는 말은… 앞으로 JK미디어와 '블루윈드'의 성장 동력이 더 남아 있다는 뜻인가?"

"그렇습니다."

내가 확신에 찬 목소리로 대답한 후 덧붙였다.

"파이가 더 커질 테니까요."

*   *   *

'일요일 밤은 즐거워'의 피디인 주철환이 시청률 분석표를 보면서 시청률 추이를 살폈다.

시청률 24%.

지난 몇 달간 주말 예능 간판 프로그램이라 할 수 있는 '일요일 밤은 즐거워'의 평균 시청률이었다.

출연하는 게스트의 면면이나 날씨 등의 영향에 따라 약간의 편차가 있긴 했지만, 평균 20%대 중반의 시청률을 기록했다.

— 시청률 : 29%.

그랬던 '일요일 밤은 즐거워'의 시청률이 처음으로 그동안마의 벽처럼 느껴졌던 30%대에 근접했던 것은 오지성과 이강희가 게스트로 출연했던 방송분이었다.

두 배우 모두 톱스타인 데다가, 예능 프로그램에 거의 출연하지 않는다는 희소성이 있었기 때문에 시청률 상승 효과가컸던 셈이었다.

다만 마의 벽처럼 느껴지는 시청률 30%를 돌파하지 못했던것이 못내 아쉬웠었는데.

— 시청률 : 36%.

그 아쉬움은 오래 가지 않았다.

톱스타인 전우상이 게스트로 출연했던 방송분의 시청률이30%를 넘어섰기 때문이었다.

그것도 가까스로 넘겼던 것이 아니었다.

무려 36%의 시청률을 기록했으니까.

"전우상 효과가 아냐."

주철환이 혼잣말을 꺼냈다.

전우상이 톱스타이긴 하지만, 시청률에 미치는 효과는 한정적이었다.

많아야 3%에서 4% 정도.

즉, 당시 방송분의 시청률이 36%씩이나 나온 데는 다른 이유가 있었다. 그리고 주철환이 판단하는 다른 요인은 '알고 있나요?' 뮤직비디오 최초 공개였다.

이범주의 데뷔 앨범 타이틀곡인 '그대와 함께'의 뮤직비디오가 워낙 강렬하고 인상적이었기 때문일까.

'킹 보이스 오브 코리아' 수상자인 조선호의 데뷔 앨범 타이틀곡인 '알고 있나요?'의 뮤직비디오가 '일요일 밤은 즐거워'를 통해서 단독 최초 공개된다는 예고를 하자 시청률이 급상승했던 것이었다.

"재방 시청률이 내 추측이 틀리지 않았다는 걸 증명하는 증거야."

재방 평균 시청률은 7%.

10%에 한참 미치지 못하는 수준이었다.

그렇지만 이범주와 조선호의 뮤직비디오가 공개된 방송분의 경우는 달랐다.

— 재방 시청률 : 15%

— 재방 시청률 : 22%

재방 시청률이 기존 평균 재방 시청률의 두 배를 훌쩍 넘겼다.

특히 '알고 있나요'의 뮤직비디오가 최초 공개된 방송분의 경우에는 재방 시청률이 20%를 상회하면서 본방송과 엇비슷한 수준까지 시청률이 치솟았다.

이것이 의미하는 것.

시청자들이 '일요일 밤은 즐거워'를 통해서 최초 공개됐던 뮤직비디오를 다시 보기 위해서 재방송을 시청했다는 것 외에는 달리 설명할 길이 없었다.

그때였다.

"주철환 피디님이시죠?"

"서진우… 이사님?"

"네. 전화드렸던 서진우라고 합니다."

약속 장소인 카페에 도착한 서진우를 발견한 주철환이 놀란 표정을 지었다.

전화 통화를 한 적은 있지만 직접 얼굴을 마주한 것은 이번이 처음.

서진우는 JK미디어 이사 직책을 갖고 있었기에 나이가 꽤 있을 거라 예상했는데.

직접 마주한 서진우는 주철환의 짐작보다 훨씬 젊었기 때문에 놀란 것이었다.

"제가 드렸던 제안에 대해서 고민은 좀 해 보셨습니까?"

그때, 서진우가 질문했다.

"일단 우리 프로그램을 통해서 '킹 보이스 오브 코리아' 마지막 수상자인 성준경의 뮤직비디오를 최초 공개하는 것에는 찬성입니다. 그건 오히려 제가 부탁드리고 싶었던 점이죠. 다만……."

"다만 뭡니까?"

"특별 방송을 편성하는 것은… 곤란합니다."

서진우가 통화 시에 요구했던 것.

'킹 보이스 오브 코리아' 수상자들의 뮤직비디오를 방송 중에 재차 방영하면서 비하인드 스토리를 풀어내는 특별 방송을 편성해 달라는 것이었다.

그리고 주철환이 난색을 표한 이유.

'킹 보이스 오브 코리아' 수상자들의 뮤직비디오가 아무리 화제가 되고 있더라도 반복되면 흥미가 떨어지기 때문이었다.

"그렇군요."

주철환이 요구를 수용할 수 없다고 대답했지만, 서진우는 언성을 높이지 않았다.

마치 자신이 거절할 것을 예상이라도 한 듯 담담한 표정이었다.

"그럼 어쩔 수 없죠."

그리고 너무 순순히 물러서는 서진우로 인해서 주철환은 오히려 당혹스러움을 느꼈다.

"서 이사님."

"말씀하시죠."

"이게… 끝입니까?"

아직 본격적인 협상은 시작도 안 했는데 벌써 일어설 채비를 하는 서진우를 발견한 주철환이 서둘러 물었다.

"딱히 더 나눌 이야기가 없을 것 같은데요?"

"네?"

"달면 삼키고 쓰면 뱉는다."

"……?"

"제가 판단하기에 주 피디님은 이런 사고방식을 갖고 계시는데 제대로 된 협상이 진행될 리가 없지 않습니까?"

"그래도……."

"그래서 다른 협상 파트너를 찾아볼 생각입니다."

"네?"

"주 피디님보다 좀 더 상황이 급하고, 양심을 갖춘 협상 파트너를 찾아보겠다는 말입니다."

'이 자식이!'

서진우가 조곤조곤 꺼내는 이야기를 듣고 있던 주철환이

눈살을 찌푸렸다.

자신은 무려 공중파 피디.

그것도 가장 잘나가는 예능 프로그램 중 하나인 '일요일 밤은 즐거워'의 피디였다.

그런데 일개 음반 제작사 직원이 협상의 주도권을 움켜쥐고 몰아붙이는 것이 기분을 상하게 만들었다.

그때 서진우가 물었다.

"목마른 자가 우물을 판다는 속담은 아시죠?"

"내가 더 목이 마른다는 뜻입니까?"

"아니요. 주 피디님보다 더 목이 마른 사람이 있죠."

"……?"

"오기천 피디님이 무척 급하신 것 같더라고요."

오기천의 이름을 들은 주철환이 흠칫했다.

오기천은 '일요일 밤은 즐거워'와 동 시간대에 방송하는 경쟁 프로그램 '화끈한 일요일'의 메인 피디.

'일요일 밤은 즐거워'의 시청률 급상승으로 인해 오기천 피디는 무척 초조할 것이었다.

'이미… 간을 보고 찾아왔구나!'

서진우가 이미 오기천 피디와도 접촉했다는 사실을 깨달은 주철환이 눈살을 찌푸린 채 물었다.

"협상 파트너를 오기천 피디로 바꾸겠다는 뜻입니까?"

"그건 아닙니다. 다만……."

"다만 뭡니까?"

"가능성은 열려 있다는 뜻입니다."

"그럼……."

원래는 성질을 이기지 못하고 오기천 피디와 협상하란 이야기를 꺼내려고 했던 주철환이 도중에 입을 다물었다.

성질대로 막 내지르기에는 위험 부담이 너무 크다는 사실을 직감적으로 깨달아서였다.

'어떻게 해야 하나?'

주철환이 선뜻 결정을 내리지 못하고 망설이고 있을 때였다.

"착각하고 계신 것 같습니다."

"제가 무슨 착각을 하고 있다는 겁니까?"

"저는 협상을 하기 위해서 주 피디님을 찾아온 것이 아닙니다. 기회를 드리기 위해서 만난 겁니다."

서진우가 선심 쓰듯 말했다.

그 말투로 인해 또 한 번 기분이 상했지만, 주철환이 이번에도 꾹 눌러 참은 채 물었다.

"무슨 기회를 준다는 겁니까?"

"'일요일 밤은 즐거워'의 미래 먹거리를 제공해 드리는 셈이죠."

"……?"

"'킹 보이스 오브 코리아'는 아직 끝난 게 아니니까요."

서진우가 덧붙인 이야기를 들은 주철환이 자세를 고쳐앉으며 물었다.

"끝난 게 아니라는 말씀은……?"

"'킹 보이스 오브 코리아' 시즌 2, 시즌 3가 계속 개최될 거란 뜻입니다."

"아!"

주철환이 무릎을 탁 쳤다.

'만약 나라고 해도… 계속 개최했을 거야.'

JK미디어에서 라디오 프로그램인 '한밤의 음악 도시'를 통해 거액의 상금을 내걸고 '킹 보이스 오브 코리아'를 개최한다는 소식을 처음 접했을 당시, 주철환은 너무 무모하다고 생각했다.

홍보 효과는 거의 없고 거액이 상금만 날릴 거라 예상했기 때문이었다.

그렇지만 주철환의 예상은 보기 좋게 빗나갔다.

라디오 프로그램을 통해서 진행이 된 덕분에 참가자들의 신상정보가 철저하게 베일에 싸여 있었던 것이 오히려 대중들의 호기심을 유발했다.

더구나 오디션 참가자들의 노래 실력이 기대 이상이었기에 '킹 보이스 오브 코리아'는 엄청난 화제를 끌어모으는 데 성공했다.

그리고 아직 끝이 아니었다.

빠르게 수상자들을 데뷔시키고, 그 과정에서 톱스타를 주연으로 내세운 뮤직비디오를 통해서만 홍보하는 전략은 대성공을 거두었다.

덕분에 이범주와 조선호의 앨범은 엄청난 판매고를 올렸고.

'이미 투자금은 진즉에 회수했고, 지금쯤이면 엄청난 수익을 올렸을 거야.'

결과적으로 '킹 보이스 오브 코리아'는 투자 대비 고수익을 거둔 상황.

시즌 1에서 끝낼 이유가 전혀 없었다.

"이미 시즌 1이 큰 성공을 거두었기 때문에 시즌 2, 그리고 시즌 3이 실패할 확률은 낮습니다. 오히려 시즌 1보다 더 큰 성공을 거둘 가능성이 높죠. 저는 오디션을 통해서 발굴한 수상자들을 계속 데뷔시킬 것이고, 앞으로도 뮤직비디오를 통해서 홍보하는 현재의 전략을 계속 이어 나갈 겁니다."

"그 말씀은 앞으로도 '일요일 밤은 즐거워'를 통해서 계속 수상자들의 뮤직비디오를 단독 공개하겠다는 뜻입니까?"

"네. 그뿐이 아니죠. 이범주 씨와 조선호 씨는 이미 큰 인기를 누리고 있습니다. 그들의 두 번째 앨범에 수록될 곡의 뮤직비디오 역시 '일요일 밤은 즐거워'에서 단독 공개할 생각입니다."

'기회가… 맞네.'

서진우의 설명을 들은 주철환의 생각이 바뀌었다.

'아까 흥분해서 협상 판을 깨지 않길 잘했네.'

서진우가 밝힌 계획대로라면 앞으로 '일요일 밤은 즐거워'는 확실한 흥행 콘텐츠 하나를 손에 쥐게 되는 셈이었기 때문이었다.

"국장님과 상의를 해 봐야 확실해지겠지만… 특별 방송을 편성하는 것을 관철하도록 하겠습니다."

그래서 주철환이 말을 바꾸자, 서진우가 말했다.

"잘 결정하셨습니다. 그리고… 제가 조언 하나 드릴까요?"

"어떤 조언입니까?"

"외국에 프로그램을 수출하는 것을 미리 대비하시는 편이 좋을 겁니다."

*   *   *

프렌치 레스토랑 메뉴판을 살피던 조선호가 흠칫 놀랐다.

음식 가격이 예상보다 훨씬 더 비쌌기 때문이었다.

'뭐가 이렇게 비싸?'

그래서 조선호가 당황했을 때, 손진경이 말했다.

"오늘은 내가 사는 거니까 제일 비싼 거로 드셔도 됩니다."

"아, 네."

"내가 주문할까요?"

그렇지 않아도 뭘 어떻게 시켜야 할지 몰라서 난감한 상황이었다.

그래서 조선호가 고개를 끄덕이기 무섭게 손진경이 레스토랑 지배인과 외계어처럼 이해하기 어려운 대화를 주고받기 시작했다.

'조선호, 진짜 출세했구나.'

불과 얼마 전까지만 해도 생면부지인 사람들의 결혼식장에 찾아가서 오만 원을 받고 축가를 불렀었는데.

지금은 무려 JK그룹 회장과 마주 앉아서 식사를 하고 있었다.

새삼 자신이 출세했다는 생각이 들어서 웃었을 때, 지배인에게 주문을 마친 손진경이 웃으며 물었다.

"스타가 된 기분이 어때요?"

"아직… 얼떨떨합니다."

"곧 실감하게 될 거예요."

손진경은 그렇게 말한 후 화제를 전환했다.

"서진우 이사한테 조선호 씨가 '킹 보이스 오브 코리아'에 참가하기 전에 축가를 자주 불렀다고 들었어요. 맞나요?"

"네, 맞습니다."

"그럼 지금도 축가를 자주 부르나요?"

"아닙니다. '킹 보이스 오브 코리아'에서 수상하고 난 후에는 일절 축가를 부르지 않고 있습니다."

"혹시 더 이상 축가를 부르지 않는 이유가 있나요?"

"서진우 이사가 지시했습니다."

"서 이사가요?"

"네."

"이유는요?"

"이제 스스로의 가치를 높여야 할 때라고 말씀하셨습니다. 그래서 한동안은 축가 제의가 들어와도 모두 거절하라고 지시했습니다."

"그렇군요."

손진경이 이해했다는 듯 고개를 끄덕인 후 덧붙였다.

"그래서 내게 따로 부탁했던 거로군요."

'무슨… 뜻이지?'

손진경이 방금 꺼낸 말의 의미를 제대로 이해 못한 조선호가 고개를 갸웃했을 때였다.

"내가 왜 조선호 씨를 만나자고 청했는지 궁금하지 않았어요?"

손진경이 다시 질문했다.

"사실… 많이 궁금했습니다."

무려 JK그룹 회장인 손진경이 먼저 만나자고 청한 이유가 무척 궁금했다.

그래서 참지 못하고 서진우에게 전화를 걸어서 물어보기도 했다.

—밥 사 준다고 했으니까 만나서 맛있는 밥 얻어먹고 오세요. 그리고 웬만한 부탁은 들어주고요. 손진경 대표, 그에 어울리는 적당한 보상은 해 주는 양심 있는 사람입니다.

당시 서진우가 했던 이야기.

"실은 부탁이 있어서 조선호 씨를 만나자고 했어요."

그때, 손진경이 덧붙였다.

"어떤 부탁입니까?"

"최태성이라는 이름, 혹시 들어 본 적 있어요?"

'최태성?'

조선호가 재빨리 기억을 더듬었다.

그렇지만 최태성이란 이름을 기억해 내는 데 실패하고 고개를 가로저었다.

"모르겠습니다."

"그럼 최일언이란 이름은요?"

"최일언이라면 혹시… ST그룹 회장님을 말씀하시는 겁니까?"

"맞아요. 다행히 알고 있었네요."

"저도 가끔 뉴스는 보거든요."

ST그룹 회장 최일언은 TV 뉴스에 자주 등장하는 유명 인사였다. 그래서 알고 있다고 대답하자, 손진경이 다시 말했다.

"아까 말한 최태성은 최일언 회장의 장남이에요."

"아, 네."

"현재 ST해운 전략 본부 실장으로 일하고 있죠."

"왜… 제게 이런 이야기를 하시는 겁니까?"

최일언이나 최태성.

자신과는 다른 세상에서 살아가는 사람들이었다.

어째서 갑자기 자신에게 그들의 이름을 언급하는건지 연유를 몰라서 조선호가 질문하자, 손진경이 대답했다.

"축가 때문이에요."

"축가… 요?"

"실은 최태성 실장이 결혼을 앞두고 있어요. 그리고 최태성 실장과 약혼한 신부가 조선호 씨를 아주 좋아한다네요."

"저를… 요?"

"네. 신부가 결혼식 축가를 꼭 조선호 씨가 불러 줬으면 한다고 해요. 그래서 최태성 실장이 기획실을 통해서 부탁을 넣었는데 거절했다고 하네요."

"누가……?"

"아마 서진우 이사일 거예요. 최일언 회장 장남이 한 부탁을 거절할 수 있을 정도로 간 큰 인물은 서 이사밖에 없거든요. 어쨌든 중요한 건… 그래서 최일언 회장이 직접 나섰다는 거예요."

"……?"

"최일언 회장이 내게 직접 연락을 했어요. 조선호 씨가 최태성 실장 결혼식에 축가를 부르게 해 달라고."

결혼식 축가 때문에 무려 그 최일언 회장이 직접 나섰다는 사실을 알게 된 조선호가 당황했을 때였다.

"내 입장에서는 최일언 회장의 부탁을 거절하기 어려운 입장이에요. 앞으로 경영을 하기 위해서는 ST그룹과 좋은 관계를 유지하는 것이 중요하거든요."

"네, 무슨 뜻인지는 대충 알겠습니다."

"그럼 축가를 불러 줄 건가요?"

"그렇게 하겠습니다."

조선호가 흔쾌히 수락하자, 손진경의 입가로 미소가 번졌다.

"물론 공짜로 축가를 불러 달라는 것은 아니에요. 그에 걸맞은 대가를 지불할 겁니다. 그래서 드리는 질문인데… 예전에 축가를 부르고 어느 정도의 대가를 받았었나요?"

"오만 원 받았습니다."

"……."

"아, 식권도 받았고요."

조선호가 솔직하게 대답한 순간, 손진경이 덧붙였다.

"대가로 천만 원을 지급할게요."

"천만 원… 이요?"

예상치 못했던 큰 금액에 조선호가 두 눈을 치켜떴을 때였다.

"어때요? 이제 스타가 된 게 실감이 나나요?"

실감이 났다. 그리고 호기심이 생겼다.

"ST그룹 최일언 회장님이 천만 원을 주시는 겁니까?"

"그건 아니에요."

"그럼 최태성 실장이란 분이 주시는 겁니까?"

"최태성 실장이 주는 것도 아니에요."

"그럼 대체 누가……?"

"내가 주는 거예요."

"네?"

조선호가 의아한 표정을 지었다.

결혼식은 최태성이 하는데 축가를 부르는 대가로 지급할 거액의 대금은 손진경이 부담하는 것이 이해가 가지 않아서였다.

"대신 난 그보다 더 큰 것을 얻겠죠. 서로 사업 영역이 겹치며 부딪칠 때 ST그룹에서 한 번은 양보할 테니까요."

"……?"

"덕분에 최소한 수억의 이득을 볼 수 있을 거예요."

'아!'

조선호가 혀를 내둘렀다.

자신이 지금껏 전혀 알지 못했던 새로운 세상을 살짝 엿본 셈이었기 때문이었다.

'이게… 재벌들의 계산법이구나.'

조선호가 감탄을 금치 못하고 있을 때, 손진경이 와인을 한 모금 마신 후 다시 질문했다.

"방금 손해 봤다는 생각 안 들었어요?"

조금 전, 손진경은 자신이 최태성의 결혼식에서 축가를 부르면 JK그룹이 훗날 최소한 수억의 이득을 볼 수 있을 거라고 말했다.

반면 자신에게 축가를 부르는 대가로 천만 원을 지급하겠다고 말했고.

그래서 수지타산이 맞지 않는 계산법이란 생각과 함께 자신이 손해를 보는 게 아닌가 하는 생각을 갖고 있었는데.

손진경은 마치 자신의 속내를 읽기라도 한 것처럼 그에 관해 질문한 것이었다.

"조금… 그런 생각이 들었던 것은 사실입니다."

조선호가 솔직히 대답하자, 손진경이 웃으며 고개를 끄덕였다.

"내 생각도 그래요. 그리고 난 양심이 있는 편이에요."

"……?"

"그래서 다른 보상도 할 거예요."

'서진우 이사님의 말이 맞았네.'

서진우는 손진경이 하는 부탁을 웬만하면 들어주라고 충고했다.

또 손진경 대표가 부탁을 한 대가로 상응하는 보상을 해 줄 정도로 양심 있는 사람이라고 덧붙였었다.

그때, 손진경이 입을 뗐다.

"내가 서진우 이사를 언제 처음 만났는지 알아요?"

"모르겠습니다."

"서 이사가 그런 얘기는 아직 안 했나 보네요. 내가 서 이사를 처음 만났을 때, 서 이사는 고등학생이었어요. 아니, 예비 대학생이라고 표현하는 게 더 맞겠네요. 당시 난 백화점 사장이었는데 서 이사가 내게 대뜸 동업을 제안했어요."

'서진우 이사도 부잣집 아들인가 보구나.'

서진우 이사는 본인에 관한 말을 거의 하지 않았다.

다만 어린 나이에 JK미디어 이사가 된 것을 통해 막연하게 그가 부잣집 아들일 거라는 짐작은 하고 있었다.

그리고 고등학생 신분으로 당시 백화점 대표였던 손진경에게 동업을 제의했다는 이야기를 듣고 그 짐작이 맞았다는 확신이 들었을 때였다.

"그때 좀 황당했어요. 돈도 한 푼 없이 대뜸 동업을 제안했으니까요."

하지만 손진경이 덧붙인 이야기를 듣고서 조선호는 자신의 짐작이 틀렸음을 깨달았다.

"서진우 이사, 부잣집 아들이 아니었습니까?"

"평범한 집안 아들이었어요. 공부를 잘하긴 했지만, 그게 다였죠. 그런데 내가 당시 그 황당한 동업 제안을 받아들였던 이유는… 서 이사를 놓치면 두고두고 후회할지도 모른다는 생각이 들었기 때문이었어요. 그리고 결과적으로는 당시 내가 했던 선택이 옳았죠. 서 이사가 짧은 시간 안에 JK미디어를 이렇게 성장시켰으니까요."

'서진우 이사, 능력이 있구나.'

손진경의 설명을 듣고 새삼 그의 능력이 뛰어나단 사실을 깨달았을 때, 그녀가 이야기를 더했다.

"그리고 따지고 보면 내가 JK그룹의 오너가 될 수 있었던 것도 서 이사 덕분이었어요. 서 이사를 만났으니까… 난 운이 좋았던 셈이죠."

"……"

"조선호 씨도 운이 따르시네요."

"왜… 운이 따른다는 겁니까?"

"서진우 이사를 만났으니까요."

'운이… 좋았다?'

손진경의 이야기를 곱씹던 조선호가 천천히 고개를 끄덕였다.

'킹 보이스 오브 코피아'에 참가해서 수상자가 된 것은 자신의 노력과 실력 덕분이었다.

그렇지만 노력을 통해 실력을 갖추었다고 해서 모두 가수로 데뷔하고 스타가 되는 것은 아니었다.

운도 따라야 했다.

실제로 크고 작은 오디션에 참가해서 수상했다고 하더라도 다 가수로 데뷔하는 것은 아니었다.

제대로 지원을 받지 못해서 데뷔도 못 하는 경우도 부지기수였다.

그런데 서진우는 '킹 보이스 오브 코리아' 수상자들에게 과하다 싶을 정도로 전폭적인 지원을 해 줬고, 덕분에 조선호는 가수로 데뷔했을 뿐만 아니라 음악 방송 1위를 여러 차례 차지했을 정도로 스타가 될 수 있었던 것이었다.

"서진우 이사의 손을 놓치지 말아요."

그때, 손진경이 덧붙였다.

"그게 내가 해 줄 수 있는 유일한 충고예요. 그리고 이 정도면 결혼식 축가에 대한 충분한 보상이 될 거예요."

*   *   *

영화 제작사 올빼미필름 사무실.

송교창이 앞에 놓인 커피를 한 모금 마셨을 때, 올빼미필름 대표인 장지완이 웃으며 운을 뗐다.

"화면보다 실물이 훨씬 더 좋으시네요."

"말씀만이라도 감사합니다."

"빈말 아니라 정말입니다. 그리고 송 감독님이 출연하신 방송, 재밌게 잘 봤습니다."

'아, '일요일 밤은 즐거워'를 말하는구나.'

'일요일 밤은 즐거워'는 '킹 보이스 오브 코리아'의 수상자들인 이범주와 조선호, 성준경을 게스트로 초대하는 특별 방송을 마련했다.

세 가수의 뮤직비디오가 워낙 큰 화제가 됐기 때문에 송교창도 게스트로 출연했었고, 장지완은 그 방송분을 봤다고 말하는 것이었다.

"확실히 시나리오 작가 출신이라서 그런지 말씀을 기승전결 있게, 또 아주 맛깔나게 잘하시더라고요. 특히 포장마차에서 JK미디어 이사를 만난 이야기는 아주 좋았습니다. 거짓말이 좀 가미되어 있고 과장이 있더라도 대중들의 흥미를 잡아끌기에는 충분한 극적인 요소가 있었으니까요."

장지완이 말을 마친 순간, 송교창이 정정했다.

"저는 거짓말한 적 없습니다."

"네?"

"과장한 적도 없고요."

송교창이 정정한 이야기를 들은 장지완이 놀란 표정을 지었다.

"그럼 정말 사채업자들에게 끌려가서 장기를 떼일 뻔한 위기에서 마침 JK미디어 이사를 만났던 겁니까?"

"네."

"하아, 이거 영화보다 더 영화 같은 현실이네요."

장지완이 놀란 표정으로 덧붙였다.

"운이… 좋으셨네요."

"천운이었다고 생각합니다."

송교창이 솔직하게 말했다.

'만약 당시 서진우를 만나지 못했다면?'

자신의 인생은 수렁의 구렁텅이에 빠졌을 가능성이 높았다.

어쩌면 지금쯤 이 세상 사람이 아니었을 수도 있었고.

송교창이 생각을 마친 후 장지완에게 용건을 물었다.

"그런데 절 만나자고 청한 이유가 무엇입니까?"

"송 감독님께 제안을 하나 드리고 싶어서입니다."

"어떤 제안입니까?"

"우리 회사에서 제작하고 있는 영화가 있습니다. 그 영화의 연출을 송교창 감독님께서 맡아 주셨으면 합니다."

'연출 제안을 하려는 것이… 맞았구나.'

올빼미필름 장지완 대표에게서 먼저 연락이 왔을 때, 어쩌면 작품의 연출 제안을 하기 위함이 아닐까 하는 예상을 했었는데.

그 예상이 맞았다는 생각에 송교창의 배 속이 뜨거워졌다.

'다시는 영화 감독으로 재기하지 못할 수도 있다고 생각했는데.'

입봉작이었던 '불사조'의 흥행 참패.

신인 감독 송교창에게는 치명상이었다.

그래서 실패한 감독이란 꼬리표가 평생 따라붙으면서 두 번 다시는 영화 감독으로 재기하지 못할 것을 우려했었는데.

다시 한번 기회가 찾아와 있었다.

어쩌면 다시 찾아오지 않을 수도 있는 기회.

그래서 덥석 그 기회를 움켜잡고 싶었지만, 송교창은 욕심을 애서 누르며 입을 뗐다.

"제가 '불사조'를 연출했던 감독이란 사실은 알고 계십니까?"

"알고 있습니다."

"그럼 '불사조'가 흥행에 참패했다는 사실도 알고 계시겠군요?"

"네."

"그럼에도 불구하고 제게 올빼미필름에서 제작하는 작품의 연출 제안을 하시는 이유를 들어 볼 수 있을까요?"

"능력을 보여 주셨으니까요."

"……?"

"'그대와 함께'와 '알고 있나요?', 이 두 뮤직비디오를 보고 깜짝 놀랐습니다. 영상미가 압도적이었으니까요. 그래서 이 뮤직비디오들을 만든 감독님이 누군지 알아봤더니 송교창 감독님이셨습니다. 저는 송교창 감독님이 우리 회사에서 준비하는 영화 연출을 할 적임자라고 판단했습니다."

'결국… 조금 돌아온 셈이구나.'

서진우에게 뮤직비디오 연출 제안을 받았을 당시, 송교창은 그다지 내키지 않았었다.

  그렇지만 사정이 워낙 급해서 떠맡다시피 했던 뮤직비디오 연출이 결과적으로는 다시 영화 감독으로 복귀할 수 있는 길을 열어 준 셈이었다.

  "어떤 작품입니까?"

  "'쿠데타'라는 작품입니다."

  "내용은?"

  "북한에서 특수 요원들을 보내서 청와대를 점거하고 대통령을 시해하려고 시도를 합니다. 그런 상황에서 대통령을 지키려는 경호 요원의 활약상이 주요 내용입니다."

Chapter. 5

'소재는 흥미롭네.'

송교창의 흥미가 동했을 때였다.

똑똑.

노크 소리가 들렸다.

"누가 또 오는 겁니까?"

"네. 감독님과 미팅을 한다고 말씀드렸더니 이번 작품 투자를 맡은 리온 엔터테인먼트 박중배 팀장님이 동석하고 싶다고 하셨습니다."

'박중배 팀장?'

박중배의 이름을 들은 송교창이 반사적으로 눈살을 찌푸

렸다.

'불사조'의 연출을 맡았을 당시, 이미 박중배 팀장과 만났던 적이 있었다. 그리고 당시에 박중배 팀장과는 악연으로 얽혔다.

그가 제작비 절감을 해야 한다는 이유로 시나리오 수정을 줄기차게 요구하여 사사건건 부딪쳤기 때문이었다.

'불사조가 망작이 된 원인 제공자!'

이런 생각을 갖고 있는데 박중배 팀장과의 재회가 반가울 리 없었다.

"송 감독, 오랜만이야."

이런 자신의 속내를 모르는 듯 박중배는 웃으며 앞으로 손을 내밀었다. 하지만 앙금이 여전히 남은 송교창은 그의 손을 맞잡는 대신 가방을 챙겼다.

"제게 작품의 연출 제안을 해 주신 것은 무척 감사하지만… 아무래도 이번 작품의 연출을 맡는 것은 힘들 것 같습니다."

자신이 제안을 거절할 것이라고는 예상치 못 했기 때문일까.

장지완은 당황한 기색이 역력했다.

"갑자기 왜……?"

"박중배 팀장과는 함께 일하고 싶지 않습니다."

"대체 왜……?"

장지완이 이유를 물은 순간, 박중배가 끼어들었다.

"송 감독, '불사조' 때 일 때문에 아직 앙금이 남은 것 같은데… 이미 오래전 일이야. 과거는 잊어버리라고."

그 이야기를 들은 송교창이 코웃음을 쳤다.

"지난 일이니까 잊자?"

"그래."

"당신에게는 잊어도 되는 과거겠지. '불사조'를 망작으로 만들어 놓은 장본인이면서도 책임은 내게 떠넘기고 그동안 호의호식했으니까. 그런데 난 달라. 그 후로 내가 얼마나 힘들게 살았는지 당신이 알기나 해?"

"송 감독, 그렇게 흥분하지 말고……."

"똑같겠지. 제작비 줄여야 하니까 시나리오 수정하라고 끊임없이 요구할 게 뻔한데 내가 당신이랑 손잡고 일할 것 같아?"

'묵은 체증이 싹 내려가는 느낌이네.'

언젠가 박중배를 다시 만나면 쏟아 내고 싶었던 이야기를 마침내 쏟아 내고 나자 속이 다 후련했다.

"송 감독님, 제가 중간에서 잘 조율하겠습니다."

장지완이 수습을 위해 나섰지만, 송교창은 역시 코웃음을 쳤다.

"장 대표님이 박중배 팀장의 갑질을 막을 수 있습니까?"

"그건……."

"계약서에 투배사의 시나리오 수정 요구 및 작품에 대한 간섭을 절대 허용하지 않겠다는 조항을 삽입해 주시죠. 그럼 이 작품의 연출을 맡겠습니다."

"……?"

"하실 수 있겠습니까?"

송교창의 요구 조건을 들은 장지완은 바로 대답하지 못하고 난감한 표정으로 박중배의 눈치를 살폈다.

"벌써부터 투배사 눈치를 보는데 뒤가 어떨지는 짐작이 되고도 남는군요. 됐습니다."

송교창이 딱 잘라 말한 순간, 박중배가 험악하게 표정을 일그러뜨렸다.

"송 감독, 오늘 일, 평생 후회할 거야."

"지금 협박하는 겁니까?"

"협박이 아니라 충고하는 거야. 송충이는 솔잎을 먹고 살아야 한다는 속담이 괜히 있는 게 아니거든. 앞으로 영화 일, 안 할 거야?"

'하나도 안 변했네.'

'불사조' 연출을 맡았을 당시, 시나리오 수정 요구에 응하지 않을 때마다 박중배는 수시로 협박을 했었다.

'역시 사람은 안 변하는구나.'

송교창이 쓴웃음을 머금었다.

예전에는 이런 박중배의 협박에 끌려다녔었다.

하지만 지금은 달랐다.

뮤직비디오 감독으로 주가가 치솟았기 때문에 박중배의 협박이 무섭지 않았다.

"안 해."

그래서 송교창이 박중배의 면전에 쏘아붙였다.

"이 비열한 새끼야."

*　　　　*　　　　*

"속이 후련하긴 하네요. 그런데……."

송교창이 도중에 말을 멈춘 후 맥주를 마셨다. 그리고 맥주잔을 다시 내려놓은 순간 서진우가 물었다.

"그런데 불안하죠?"

"네?"

"다시는 영화판으로 돌아가지 못할까 봐 불안하신 것 아닙니까?"

"불안한 건 사실입니다."

분하긴 했지만, 송충이는 솔잎을 먹고 살아야 한다는 박중배의 이야기가 맞았다.

뮤직비디오 감독으로 주가를 올리고 있는 지금, 영화 감독을 할 때보다 경제적으로는 훨씬 여유가 있었다.

그렇지만 영화에 대한 갈망은 여전했다.

아니, 예전보다 더 강렬해졌다.

'뮤직비디오 감독은 부업이야.'

여전히 이런 생각을 갖고 있었기 때문이었다.

"세 작품만 더 하시죠."

그때 서진우가 불쑥 말했다.

"무슨… 뜻입니까?"

"뮤직비디오 연출자로서 송 감독님의 능력이 아깝긴 하지만, 계속 제 욕심만 챙길 정도로 제가 양심이 없지는 않습니다."

"……?"

"그 후에는 다시 영화 감독으로 복귀하시죠."

비로소 말뜻을 이해했지만, 송교창은 환하게 웃을 수 없었다.

오히려 당혹스러움을 느꼈다.

'이러면 곤란한데.'

박중배 팀장을 제대로 들이받고 영화 연출 제안을 거절했던 것.

믿는 구석이 있었기 때문이었다.

그 믿는 구석은 바로 뮤직비디오 연출.

그런데 방금 서진우가 한 것은 해고 통보나 마찬가지였다.

"서 이사님."

"말씀하시죠."

"제가 영화계로 복귀하는 것은… 어렵습니다."

"리온 엔터테인먼트 박중배 팀장 때문에요?"

"네."

박중배가 영화계에 미치는 입김과 영향력.

절대 무시할 수 없었다.

그런데 이번에 제대로 그를 들이받았으니까 앞으로 영화계로 복귀하는 것은 요원해진 상황이었다.

"저는 아직 버티고 있습니다."

"……?"

"저도 박중배 팀장을 들이받았었는데 아직 영화계에서 잘 버티고 있다는 뜻입니다."

서진우의 고백 아닌 고백(?)을 들은 송교창이 놀란 표정을 지은 채 물었다.

"정말… 박중배 팀장을 들이받았습니까?"

"네. 그것도 제대로요."

"언제요?"

"'텔 미 에브리씽'이란 작품 아시죠? 그 작품을 제작할 때 리온 엔터테인먼트와 투자 협상을 했습니다. 당시 협상 과정에서 박중배 팀장이 수작을 부리기에 제대로 들이받았습니다."

"그래서… 어떻게 됐습니까?"

"송 감독님도 잘 아시지 않습니까? '텔 미 에브리씽'이 무사히 개봉해서 흥행에 성공했다는 사실을요."

서진우의 말대로였다.

'텔 미 에브리씽'이란 작품은 무사히 개봉했고, 흥행과 작품성에서 모두 성공을 거두었다는 사실을 송교창도 잘 알고 있었다.

"박중배 팀장이 영화판에서 일하기 힘들 거라고 협박했지만, 제가 대표로 있는 레볼루션필름도 지금까지 건재하고요."

'대단하네.'

서진우는 자신보다 나이가 한참 어렸다.

그렇지만 박중배 팀장을 두려워하는 기색이 전혀 없었다.

그런 서진우의 자신감과 배짱이 부럽다는 생각을 속으로 할 때, 그가 제안했다.

"저와 손잡고 영화계로 복귀하시죠."

"네?"

뜻밖의 제안에 송교창이 당황했을 때, 서진우가 물었다.

"레볼루션필름이 제작하는 영화에 연출자로 참여하는 것이 내키지 않으신 겁니까?"

"그럴리가요."

송교창이 황급히 손사래를 쳤다.

'텔 미 에브리씽'을 시작으로 '살인의 기억'과 'IMF'까지.

레볼루션필름이 제작한 영화들은 모두 흥행에 성공하여 큰 수익을 거두었다.

그런 레볼루션필름의 대표 서진우와 함께 일하는 것은 엄청난 기회.

송교창 입장에서는 그 기회를 놓치고 싶은 마음이 추호도 없었다.

다만… 마음에 걸리는 것이 하나 있었다.

그래서 송교창이 참지 못하고 올빼미필름 장지완 대표에게 던졌던 질문과 같은 질문을 던졌다.

"저는 영화 감독으로 이미 한 차례 실패를 경험한 적이 있습니다. 그런데 왜 제게 기회를 주시려는 겁니까?"

"뮤직비디오 연출을 통해서 실력을 보여 주셨으니까요. 그리고… 공통의 적도 있고요."

"공통의 적이요?"

"박중배 팀장 말입니다."

서진우가 지체 없이 대답한 후 덧붙였다.

"아직 당시의 빚을 안 갚았거든요. 기왕이면 송 감독님과 함께 손을 잡고 박중배 팀장을 엿 먹이는 게 좋겠다는 생각이 들었습니다."

듣던 중 반가운 소리.

그렇지만 문제는 방법이었다.

"어떻게 엿 먹이실 겁니까?"

"아까 말씀하셨던 '쿠데타'란 작품 말입니다. 시나리오 내용 대로라면 제작비가 무척 많이 들어가는 대작입니다. 그 작품의 투자와 배급을 맡은 리온 엔터테인먼트도 만약 흥행에 참패하면 타격이 클 수밖에 없겠죠."

"아마 그럴 겁니다."

"그렇게 만들 겁니다."

"……?"

"우리가 제작한 작품을 '쿠데타'라는 작품과 동 시기에 개봉해서 흥행에 참패하게 만들면 리온 엔터테인먼트도 타격을 받을 수밖에 없죠."

"아!"

"이게 제가 생각하는 가장 깔끔한 복수의 방법인데. 어떠십니까? 이 프로젝트에 동참할 생각이 있으십니까?"

서진우의 질문에 송교창이 지체 없이 대답했다.

"기회만 주신다면 기꺼이 동참하겠습니다."

＊　　　＊　　　＊

한국 대학 병원.

엄마가 입원해 계신 병원으로 들어선 이태리의 표정이 어두워졌다.

원무과로 찾아가서 병원비 납부를 조금만 늦춰 달라고 사정해야 할 생각에 벌써 마음이 무거워진 것이었다.

그렇지만 피하고 싶어도 피할 수 없는 일도 있는 법.

어쩔 수 없이 이태리는 원무과 문을 열고 들어섰다.

"안녕하세요?"

이태리가 안면을 튼 원무과 직원에게 인사했다.

'눈도 안 마주치고 병원비 납부를 늦추는 건 안 된다고 말하겠지.'

이미 여러 차례 비슷한 경험이 있었기에 이번에도 원무과 직원에게서 돌아올 반응이 같을 거라 예상했는데.

"왜 말씀 안 하셨어요?"

원무과 직원이 하이 톤으로 말했다.

'처음이네.'

무뚝뚝하기 그지없는 원무과 직원의 하이 톤 목소리를 듣는 것이 이번이 처음이란 생각을 하면서 이태리가 물었다.

"뭘 말씀하시는 건가요?"

"배우라는 것 말이에요."

"아, 네. 그게 아직 신인이라서……."

"연기 잘하시던데요."

"……?"

"저 뮤직비디오 보고 울었어요."

'피도 눈물도 없는 줄 알았는데… 아니었네.'

원무과 직원을 상대로 사정을 좀 봐 달라고 부탁한 것이 여러 차례.

그렇지만 원무과 직원은 냉정했다.

한 번도 사정을 봐준 적이 없었으니까.

그래서 원무과 직원을 상대할 때마다 과연 감정이라는 게 있을까 하는 생각을 여러 차례 했었는데.

자신이 출연했던 뮤직비디오를 보고 눈물을 흘렸다는 이야기를 듣고 나서 감정이 있다는 것을 깨달았을 때였다.

"그런데 무슨 일로 오셨어요?"

원무과 직원이 물었다.

"병원비 수납 때문에요."

"……?"

"조금만 더 늦춰 주실 수……?"

"병원비는… 완납됐는데요."

"네?"

"병원비 완납됐다고요."

"누가……?"

"내가 냈어."

원무과 직원을 향해 질문하던 도중 등 뒤에서 낯익은 목소리가 들렸다.

이태리가 고개를 돌리자 서진우가 서 있었다.

"진우야. 네가 왜……?"

"친구잖아."

"……?"

"그래서 빌려주는 거야."

서진우가 웃으며 팔을 이끌었다.

"일단 여기서 나가자."

"그… 그래."

앞장서서 걸음을 옮긴 서진우는 병원 근처 카페로 향했다.

"뭐 마실래?"

"응? 아무거나."

"그럼 주스 마셔."

생과일 주스와 커피를 주문하고 돌아온 서진우에게 이태리가 인사했다.

"고마워."

*　　　*　　　*

예전의 자신이었다면?

이딴 싸구려 동정 따윈 필요 없다며 역정을 냈으리라.

그렇지만 지금은 몰락해 버린 한 집안의 가장 역할을 떠맡고 있는 터라 한 푼도 아쉬운 상황.

비록 싸구려 동정이라 할지언정 서진우가 내민 도움의 손길이 너무 고마웠다.

"빌려준 거라니까."

"알아. 그런데……."

"그런데 뭐?"

"언제 갚을 수 있을지 몰라."

이태리가 미안한 표정으로 말을 마친 순간, 서진우가 말했다.

"실은 광고가 들어왔어."

전혀 예상치 못했던 이야기에 이태리가 두 눈을 크게 떴다.

"누구한테? 나한테?"

"그래. 너한테 광고가 들어왔어."

"그게… 정말이야?"

"응."

"무슨 광고야? 아니, 광고료는 얼마나 돼?"

어떤 광고가 들어왔느냐 따위는 하등 중요치 않았다.

지금은 치질약 광고가 들어왔다고 해도 군말 없이 찍어야 할 정도로 절박한 상황이었으니까.

"이천이야."

"이천만 원?"

'이천만 원이면… 몇 달은 버틸 수 있어.'

이태리가 희망에 부풀었을 때, 서진우가 다시 말했다.

"그런데 신대섭 대표는 거절하고 싶은가 봐."

"왜?"

부지불식간에 언성이 높아졌지만, 이태리는 그 사실조차도 깨닫지 못했다.

"광고료가 너무 적다고 판단한 것 같아."

"상관없어."

"응?"

"무조건 할 거라고."

이천만 원이 통장에 들어오지 않을 수도 있다고 생각하자, 눈앞이 아득해졌다.

그래서 단호하게 말한 순간, 서진우가 고개를 가로저었다.

"나도 반대야."

"뭐?"

"나도 네가 이 광고를 찍는 것을 반대하는 입장이라고."

"왜… 너도 반대하는 거야?"

"첫 단추를 어떻게 끼우느냐가 무척 중요하거든."

"……?"

"배우의 몸값은 딱히 정해진 가격이 없어. 스스로 가격을 만들어 가는 거지. 그래서 처음에 어떤 광고를 찍느냐? 또 광고료가 얼마로 책정됐느냐가 무척 중요해. 처음 어떻게 행동하고, 얼만큼을 받았느냐 그게 기준이 되거든. 널 위해서라도 그 기준을 더 높였으면 해."

서진우의 이야기는 모두 옳았다.

그렇지만 사람마다 사정은 다 다른 법이었다.

지금 자신은 미래를 그리고 재단할 수 있는 처지가 아니었다.

당장 광고료 이천만 원이 너무 급했다.

"나는… 나는……."

그래서 꼭 광고를 찍고 싶다고 다시 말하려 했을 때, 서진우가 봉투를 내밀었다.

"이 봉투는… 뭐야?"

"돈이야."

"무슨 돈?"

"빌려주는 거야."

"병원비를… 벌써 빌려줬잖아?"

"병원비는 해결했지만, 생활도 해야 하니까. 그래서 빌려주는 거야. 나중에 광고 찍고 배우 개런티 받으면 그때 갚아."

"정말… 그래도 돼?"

"응. 그래도 돼."

자존심을 내세우며 거절할 엄두도 나지 않았다.

일단은 이 돈을 받아야 숨통이 어느 정도 트일 것이기 때문이었다.

"꼭 갚을게."

"그래."

이태리가 봉투를 들고 안의 내용물을 살폈다.

'백만 원권 수표?'

봉투 안에 들어 있는 것은 백만 원권 수표.

그것도 한 장이 아니었다.

깜짝 놀라 이태리가 두 눈을 크게 떴을 때, 서진우가 알려 주었다.

"오천만 원이야."

"왜 이렇게 많이 주는 거야……?"

"많이 필요하다는 것 아니까."

"……."

"다른 생각 하지 말고 어머니 간호하면서 연기 연습 열심히 하고 있어. 나와 신대섭 대표가 책임지고 널 배우로 성공시킬 테니까."

용건이 끝났기 때문일까.

서진우가 먼저 일어서는 것을 확인한 이태리가 서둘러 말했다.

"진우야, 고마워. 그리고… 나 꼭 성공할게. 무슨 일이 있어도 성공할게."

그 이야기를 들은 서진우가 씨익 웃었다.

"너도 많이 변했네."

"응?"

"처음 만났을 때와 많이 변했다고."

"그때와는… 상황이 바뀌었으니까."

이태리가 대답한 순간, 서진우가 덧붙였다.

"변한 지금 모습이 훨씬 더 좋아 보여."

*   *   *

"제육볶음이 아주 맛있네요."

내가 감탄하며 말하자, 백주민이 뿌듯한 표정을 지은 채 대답했다.

"얼마 전에 새로 뚫은 맛집입니다. 신세연 씨가 맛집 찾는 재주가 출중하거든요."

그런 그를 향해 내가 말했다.

"요새 얼굴이 많이 좋아지신 것 같네요."

"그런가요? 아무래도 신세연 씨 덕분에 생활이 규칙적으로 변한 덕분인 것 같습니다."

백주민은 얼굴이 좋아진 이유를 신세연 덕분에 규칙적인 생활을 하고 있기 때문이라고 분석했다.

그렇지만 내 생각은 조금 달랐다.

"그때와 표정이 비슷하네요."

"언제를 말씀하시는 겁니까?"

"옛 연인과의 재회를 앞두고 있을 때 말입니다."

당시의 백주민은 잔뜩 기대하고 상기된 얼굴이었다.

그리고 지금 백주민의 표정이 그때와 비슷하다는 것을 일러 준 내가 덧붙였다.

"신세연 씨는 좋은 직원입니다."

"네? 네."

"계속 함께 일하고 싶으시죠?"

"물론입니다. 이렇게 좋은 직원을 다시 구하는 것은 힘들……."

"직원으로 말고요."

"……?"

"앞으로 평생을 함께하고 싶으신 것 아닙니까?"

내 질문을 들은 백주민이 더듬거리며 물었다.

"어떻게… 아셨습니까?"

"표가 나니까요."

SB컴퍼니 사무실에서 백주민과 신세연은 계속 붙어 있으면서 밥도 함께 먹는다.

하루 중 절반 가까이를 둘이서 함께 보내는데 정이 들지 않으면 그게 오히려 이상한 일이었다.

"정말… 표가 났습니까?"

내 이야기를 들은 백주민이 당혹스러운 표정으로 물었다.

"네, 표 난다니까요."

"그럼… 신세연 씨도 눈치챘을까요?"

"아마도요."

"아!"

"어쩌면 저보다 더 빨리 백주민 씨의 마음을 눈치챘을지도 모르겠습니다. 여자의 직감은 무서우니까요."

내가 덧붙인 이야기를 들은 박주민의 표정이 어두워졌다.

"그럼… 제가 별로인가 보네요."

"네?"

"서진우 씨 말대로라면 신세연 씨도 이미 제 마음을 눈치챘을 것 아닙니까? 그런데도 지금까지 계속 모른 척 하고 있다는 것은… 제게 마음이 없기 때문에서가 아닐지… 그런 생각이 들었습니다."

백주민은 자신 없는 목소리로 말했다.

그런 그에게 내가 조언했다.

"제 생각은 조금 다른데요."

"어떻게요?"

"사람마다 입장이 다르니까요."

"……?"

"신세연 씨 입장에서 한번 생각해 볼 필요가 있다는 뜻입니다."

"무슨 뜻입니까?"

"혹시 신세연 씨의 전 직장이 어디였는지 아십니까?"

"모 법무 법인의 비서였다는 것 정도로만 알고 있습니다."

"법무 법인 화룡에서 비서로 근무했던 적이 있습니다. 그 후로 중광토건이란 회사의 비서실로 이직했습니다."

"아, 그렇군요."

"전혀 모르셨습니까?"

"네."

'일부러 얘기 안 했나 보네.'

신세연의 입장에서 중광토건 비서실에서 근무했던 시간은 악몽과도 같은 시간이었을 것이었다.

그런 이야기를 본인의 입으로 밝히기는 힘들었을 것이었다.

더구나 상대가 백주민이라면 더욱더 그랬겠지.

거기까지 생각이 미친 순간, 내가 다시 입을 뗐다.

"그럼 중광토건 비서실을 그만둔 이유도 모르시겠네요."

"모릅니다. 왜 그만뒀던 겁니까?"

"성희롱 때문입니다."

"방금… 성희롱이라고 했습니까?"

백주민의 표정이 일변했다.

마치 죽일 듯이 날 노려보고 있는 그에게 내가 말했다.

"백주민 씨, 제가 성희롱을 한 게 아닙니다."

"압니다. 그럼 어떤 개새끼가 신세연 씨를 괴롭힌 겁니까?"

"그 개새끼 이름까지는 지금 기억이 안 나는데……."

"상관없습니다."

"……?"

"아까 중광토건이라고 하셨죠? 그 회사를 박살 내 버리면 되니까요."

'이게 아닌데……'

살기까지 내뿜고 있는 백주민을 바라보며 내가 난감한 표정을 지었다.

신세연의 예전 직장 이야기를 꺼낸 것은 그녀가 처해 있는 상황에 대해서 설명하기 위함이었다.

그런데 전혀 생각지 못한 엉뚱한 방향으로 불똥이 튀려 하고 있었다.

'뭐, 잘못한 건 사실이니까.'

난 백주민을 제지하거나 말리지 않았다.

대신 서둘러 화제를 전환했다.

"중광토건 이야기는 나중에 다시 하죠. 지금은 더 중요한 이야기가 있으니까요."

"이것보다 더 중요한 이야기가 뭡니까?"

"신세연 씨가 처했던 상황입니다."

"……?"

"중광토건 비서실에서 성희롱을 견디지 못하고 나왔지만, 신세연 씨는 재취업에 번번이 실패했습니다. 아마 중광토건 쪽에서 압력을 넣었기 때문일 겁니다."

"이런 개새끼들!"

백주민이 재차 분노를 표출한 순간, 난 서둘러 말을 이었다.

"중요한 건 신세연 씨가 그때 많이 힘들었을 거란 겁니다. 만약 SB컴퍼니 입사에 성공하지 못했다면 신세연 씨는 자포

자기했을 수도 있습니다. 어쨌든… 제가 하고 싶은 진짜 이야기는 신세연 씨에게 SB컴퍼니는 무척 소중한 직장이란 겁니다."

"그렇겠네요."

백주민이 고개를 끄덕여 수긍한 후 덧붙였다.

"그 말씀을 듣고 나니까… 신세연 씨가 입버릇처럼 SB컴퍼니에 뼈를 묻겠다고 말하던 것이 떠오르네요."

"아마 농담이 아닐 겁니다. 신세연 씨 입장에서 SB컴퍼니는 무척 소중한 직장이니까요."

"네."

"그런 상황에서 백주민 씨에게 먼저 본인의 마음을 고백할 수 있었을까요?"

내가 던진 질문을 제대로 이해하지 못한 걸까.

백주민은 두 눈을 연신 깜박이기만 했다.

"무슨… 뜻입니까?"

한참 만에 백주민이 던진 질문.

그 질문을 들은 내가 설명을 더했다.

"백주민 씨는 SB컴퍼니의 대표입니다. 그리고 신세연 씨는 좋든 싫든 백주민 씨와 계속 붙어 있어야 하는 상황입니다. 그런데 백주민 씨와의 관계가 불편해지면 신세연 씨 입장에서는 곤란하지 않겠습니까?"

"당연히 그렇겠죠."

"아직 제가 하고 싶은 말이 뭔지 모르겠습니까?"

"모르겠습니다."

"신세연 씨는 먼저 용기를 낼 수 없는 입장이란 겁니다. 자 칫 잘못하면 백주민 씨와의 관계가 불편해질 테고, 그때는 무척 소중한 직장을 잃을 수도 있으니까요."

"아!"

내가 더한 설명을 듣고서야 백주민은 뭔가 깨달은 표정이었다.

"그럼 서진우 씨 말은… 신세연 씨도 제게 마음이 있다는 겁니까?"

"맞습니다."

"확실한 겁니까?"

"네."

"어떻게 그렇게 확신하시는 겁니까?"

"신세연 씨도 표가 나거든요."

"그런데 왜 난 전혀 못 알아챈 겁니까?"

백주민이 이해가 안 된다는 표정으로 질문했다.

'당신이 둔하니까.'

회귀를 한 덕분에 투자 쪽에는 엄청난 능력을 보여 주고 있었지만, 연애 능력까지 향상된 것은 아니었다.

내가 보기에 백주민은 여전히 연애에는 젬병이었다.

"뒤에서 훈수를 둘 때 길이 잘 보이는 것과 비슷합니다. 한

걸음 떨어져 있는 사람 눈에는 보이지 않는 것도 잘 보이는 법이죠."

내 대답이 적절했을까.

백주민은 단숨에 이해한 기색이었다.

그런 그에게 내가 다시 조언했다.

"신세연 씨는 앞으로도 본인의 감정을 계속 감출 겁니다."

"직장을 잃을 것이 두려워서요?"

"네."

"그럼 어떻게 해야 합니까?"

"잃을 게 적은 사람이 먼저 움직여야죠."

"제가 먼저 마음을 표현해야 한다는 뜻이군요."

"맞습니다."

"무슨 뜻인지 이해했습니다."

벌써 긴장되는 걸까.

크게 한숨을 내쉰 백주민이 의아한 시선을 던지며 질문했다.

"그런데… 서진우 씨는 연애 안 하십니까?"

"저는… 이미 하고 있습니다."

백주민이 던진 질문을 들을 순간, 마치 당연하다는 듯이 떠오른 것은 눈웃음을 짓고 있는 채수빈의 얼굴이었다.

'내가 수빈이를 많이 좋아하는구나.'

그것을 통해서 내 감정에 대해서 새삼 깨달았을 때였다.

"정말 연애하고 있습니까?"

백주민이 놀란 표정을 지은 채 물었다.

"그렇다니까요."

내가 재차 확인해 준 순간 그가 다시 질문했다.

"그런데 왜 연애하는 티가 안 나는 겁니까?"

그 질문을 들은 난 미안함을 느꼈다.

그가 그렇게 느낄 정도로 그동안 채수빈에게 너무 신경을 못 썼다는 생각이 들어서였다.

'일본에 다녀오고 난 후에는… 데이트 좀 하자.'

무심함을 자책한 내가 속으로 생각한 후 입을 뗐다.

"제가 주변에는 티를 잘 안 내다 보니 눈치채지 못하신 거 같네요. 우선 그 이야기는 다음에 하고 다른 이야기부터 하도록 하죠. 제가 돈이 좀 필요합니다."

"투자처가 생긴 겁니까?"

"네."

"어디입니까?"

"아이니치 TV입니다."

"그렇게 하시죠."

백주민은 자세하게 캐묻지 않았다.

그런 그에게 내가 질문했다.

"제가 투자하려는 아이니치 TV에 대해서 아십니까?"

"아니요."

"네?"

"처음 들어 보는 회사입니다."

"그런데 왜 물어보지도 않고 투자를 결정하신 겁니까?"

"이유는 간단합니다. 서진우 씨를 믿으니까요."

"……."

"서진우 씨가 투자를 하려는 데는 그만한 이유가 있겠죠."

'절대적인 신뢰를 얻었네.'

내가 속으로 생각하며 웃었을 때, 백주민이 덧붙였다.

"그리고 지금 제가 다른 데 신경 쓸 여력이 없습니다."

"……?"

"중광토건을 어떻게 박살 낼지를 고민해야 하거든요."

이미 중광토건에 꽂혀 버린 백주민을 향해 내가 물었다.

"그렇게 서두르는 이유가 있습니까?"

"네. 선물을 주고 싶거든요."

"무슨 선물이요?"

"프러포즈 선물이요."

백주민이 서두르는 이유를 알게 된 내가 말했다.

"그럼 같이 하시죠."

"서진우 씨와 같이요?"

"백지장도 맞들면 낫지 않겠습니까?"

간암.

이토 겐지의 사망 원인이었다.

'똑같은 실수를 반복하는 얼간이는 되지 말아야지.'

어렵게 회귀를 했는데, 또 간암으로 죽을 수는 없는 노릇이 아닌가.

그래서 이토 겐지는 회귀하고 난 후 우선 술을 끊었다. 건강 검진도 꼬박꼬박 받았고.

또 건강을 유지하기 위해서 출퇴근 시에는 자전거를 이용했다.

끼이익.

여느 때와 다름없이 자전거를 타고 퇴근하던 이토 겐지가 브레이크를 잡고 횡단보도 앞에 멈춰 섰을 때였다.

"…그대 사랑하는 나의 그대여. 이제 우리 헤어지게 되었지만, 난 믿어요. 우리가 다시 운명처럼 다시 만나게……."

이토 겐지의 귓가로 한국어가 들려왔다.

정확히 말하면 어설픈 한국어로 부르는 노랫소리가 들렸다.

'이건?'

그 노랫소리를 들은 이토 겐지가 딱딱하게 표정을 굳혔다.

'그대와 함께'라는 곡임을 단번에 알아챘기 때문이었다.

'누구지?'

이토 겐지가 노랫소리가 들려오는 방향으로 고개를 돌렸다. 그리고 이십대 초반으로 보이는 여자가 노래를 흥얼거리는 것을 발견하고 자전거에서 내려서 다가갔다.

"아가씨."

"네?"

"그 노래를 어떻게 알고 있습니까?"

"무슨 노래요?"

"방금 흥얼거린 노래 말입니다."

이토 겐지의 기세가 워낙 사나워서일까.

젊은 여자는 본능적으로 뒷걸음질을 쳤다.

그리고 뒷걸음질을 치는 걸로 모자라 몸을 돌려 도망치려 했다.

그제야 자신의 실수를 깨달은 이토 겐지가 굳어졌던 표정을 풀고 언성을 낮춘 채 말했다.

"멜로디가 좋아서 드린 질문입니다. 어떻게 알게 됐습니까?"

"그게… 봤어요."

"뭘 봤다는 겁니까?"

"뮤직비디오를 봤어요."

"……?"

"'일요일 밤은 즐거워'라는 한국의 예능 프로그램에 뮤직비디오가 소개됐었는데 계속 반복해서 듣다가 좋아하게 됐어요."

"이게 누구 노래입니까?"

"이범주요."

'이범주?'

이토 겐지가 그 이름을 떠올리기 위해서 애쓰고 있을 때, 여자가 물었다.

"이제 됐죠? 가도 되죠?"

"하나만 더요."

"또 뭔데요?"

"이 노래를 알고 있는 사람들이 많습니까?"

"네. 제 또래 친구들은 다 알고 있어요."

보행 신호로 바뀐 순간, 여자가 도망치듯 서둘러 떠났다.

하지만 이토 겐지는 신호가 바뀌었다는 사실도 깨닫지 못한 채 우두커니 서 있었다.

'뭐가 어떻게 된 거지?'

자신의 계획대로 상황이 흘러가지 않고 있다는 사실을 깨닫게 된 순간, 이토 겐지의 마음이 조급해졌다.

그래서 휴대전화를 들어서 전화를 걸었다.

"이범주라는 한국 가수에 대해서 전부 조사해서 알려 줘."

지시를 내리고 채 오 분도 지나지 않아서 전화가 걸려 왔다.

"알아봤어?"

"네. '킹 보이스 오브 코리아'라는 오디션 프로그램에서 수상하면서 데뷔를 했고, 뮤직비디오의 인기에 힘입어 한국에서 큰 성공을 거두었습니다."

"소속사는 어디야?"

"JK미디어입니다."

휴대전화를 쥐고 있던 이토 겐지의 손에 힘이 들어갔다.

'서진우!'

그가 JK미디어 이사로 재직하고 있다는 사실이 떠올랐기 때문이었다.

'너무… 방심했어!'

조보안의 일본 진출을 막았다는 확신을 가진 탓에 그동안 너무 방심해 버렸다고 자책하는 이토 겐지의 등줄기가 서늘해졌다.

*　　　　*　　　　*

나리타 공항에 도착하자 나를 기다리고 있는 것은 하선옥이라는 유학생이었다.

내가 일본으로 출장을 다녀오겠다고 하자, 손진경이 수소문해서 통역 겸 가이드로 하선옥을 붙여 준 것이었다.

입국장으로 들어선 후 내 이름이 적혀 있는 피켓을 들고 있는 하선옥의 앞으로 다가갔다.

"하선옥 씨죠?"

"설마… 서진우 이사님인가요?"

"네. 제가 서진우입니다. 그런데… 제 이름 앞에 '설마'라는 수식어를 붙인 이유가 있습니까?"

"너무 젊으셔서요."

"……?"

"JK미디어 이사님이라길래 나이가 지긋한 중년 신사분일 거라 예상했거든요. 그래서 깜짝 놀랐어요."

"제가 좀 일찍 임원이 됐습니다."

"아, 네."

"시간이 별로 없습니다. 차를 타고 이동하면서 얘기하시죠."

내 말을 들은 하선옥이 서두르기 시작했다.

미리 준비해 온 차에 올라탄 하선옥이 운전을 하기 시작했고, 난 조수석에 앉아서 일본의 거리와 풍경을 둘러보고 있을 때였다.

"저기… 하나 물어봐도 돼요?"

"말씀하시죠."

"JK미디어 이사님이시니까… 혹시 조선호 오빠, 만나신 적 있어요?"

"네."

"정말요? 부럽다."

"조선호 씨를 좋아하는가 보죠?"

"네. 목소리가 너무 좋아요. 얼굴도 잘생겼고요."

조선호의 팬이라고 밝힌 하선옥이 덧붙였다.

"그리고 선호 오빠 덕분에 유학 생활이 많이 편해지기도 했어요."

그 이야기를 들은 내가 질문했다.

"조선호 씨 덕분에 유학 생활이 편해졌다는 건 무슨 의미인 가요?"

"말 그대로예요. 선호 오빠가 일본 여대생들한테도 인기가 엄청 많거든요. 그래서 선호 오빠 뮤직비디오가 나오거나 선호 오빠가 출연했던 한국 예능 프로그램이나 음악 방송 프로그램 DVD를 빌려 달라고 부탁하는 친구들이 많이 늘어났어요. 그 과정에서 친구들이 많이 생겼거든요."

'내가 계획한 대로 진행됐네.'

'킹 보이스 오브 코리아'라는 오디션 프로그램을 개최하고, 수상자들의 데뷔 앨범 타이틀곡 뮤직비디오에 거액을 쏟아부었던 이유.

한류의 물꼬를 트기 위해서였다.

'이토 겐지가 방해하고 있는 상황에서 정면 공격은 먹히지 않는다!'

이렇게 판단을 내린 내가 선택한 전략은 측면 공격이었다.

일본 내에서 한국 가수들의 인기가 점점 늘어나면?

돈 냄새를 맡은 일본의 음반 제작사들은 흥미를 느낄 것이라고 예상했고, 그런 내 예상대로 상황은 흘러갔다.

일본 음반 회사 중 세 곳이 관심을 표명했으니까.

그리고 내가 일본으로 직접 날아온 이유 중 하나는 관심을 표명한 일본 음반 회사들과의 협상을 진두지휘하기 위함이었다.

"일본 음반 회사들에 대해서 좀 아세요?"

내가 별 기대 없이 질문한 순간, 하선옥이 힘껏 고개를 끄덕였다.

"잘 알아요."

"그래요?"

"일본 음반 회사에서 일하는 게 졸업하고 난 후의 꿈이거든요. 그래서 그동안 조사를 많이 했어요."

'딱 적임자를 붙여 줬네.'

이번에 접촉할 세 곳의 일본 음반 회사들은 모두 규모가 큰 편이 아니었다. 그래서 한국에서 조사하는 것으로는 한계가 있었다.

그런데 마침 하선옥이 일본 음반 회사들에 대해서 잘 알고 있다고 하니 도움이 될 거란 생각이 든 것이었다.

"제가 접촉하려는 세 곳의 일본 음반 회사들이 어딘지 알고 있죠?"

"들어서 알고 있어요."

"그 세 곳의 음반 회사들에 대해서도 알고 있나요?"

"당연히 알죠."

하선옥에게서 자신 있는 대답이 돌아온 순간, 내가 다시 질문했다.

"그럼 하선옥 씨가 판단하기에는 JK미디어가 세 곳의 일본 음반 회사 중 어느 회사와 손을 잡는 편이 가장 나을 것 같은가요?"

내가 원하던 대답은 돌아오지 않았다.

하선옥은 대답 대신 질문을 던졌으니까.

"그 대답을 하기 전에 질문부터 하나 해도 될까요?"

"어떤 질문인가요?"

"미라이 레코드나 소닉 레코드, 핫세이 레코드 같은 대형 음반 회사와는 협상이 아예 불가능한 건가요?"

"그렇습니다."

"이유는요?"

"방해하는 사람이 있어서요."

조보안을 비롯한 한국 가수들의 일본 진출을 막기 위해서 이토 겐지는 일본 내 큰 음반 회사들에 미리 손을 써 두었다.

정확한 방법까지는 알지 못해도 이토 겐지가 손을 썼던 것은 틀림없었다.

조보안의 일본 진출에 긍정적이었던 미라이 레코드와 소닉 레코드 같은 일본 내 대형 음반 회사들이 일제히 등을 돌렸던 것.

그게 우연일 리가 없었으니까.

추측이지만 분명 이토 겐지가 어떤 협박이나 회유를 했을 터.

하지만 아무리 이토 겐지라고 해도 일본 내 모든 음반 회사들을 회유하는 것이 가능할리는 없었다.

그런 내 예상대로 중소 규모의 음반 회사들이 흥미를 드러내며 먼저 연락해 왔다.

"그 방해자가 누군데요?"

"그것까지는 밝힐 수 없습니다."

다행히 하선옥은 더 이상 방해자의 정체에 대해서 궁금해하지 않았다.

"어쨌든 누군가가 방해해서 미라이 레코드나 소닉 레코드 같은 대형 음반 회사와는 협상이 불가능하고, 중소 규모 음반 회사들과만 협상이 가능한 상황이다. 맞아요?"

"맞습니다."

"그럼 이제 아까 질문에 대한 답을 드릴게요. 이라부 레코드요."

하선옥이 이번에도 확신에 찬 목소리로 대답했다.

그녀가 협상 리스트에 올라 있는 세 곳의 음반 회사들 가운데 이라부 레코드를 지목한 이유가 궁금해진 내가 다시 질문했다.

"이라부 레코드가 최상의 파트너라고 판단한 이유도 들어 볼 수 있을까요?"

"노모 이라부가 공처가거든요."

하선옥이 대답했다. 그리고 예상치 못했던 대답에 내가 의아한 표정을 지었다.

노모 이라부는 이라부 레코드 대표 이사.

그리고 그가 공처가이기 때문에 이라부 레코드를 선택했다는 대답은 날 당황하게 하기에 충분했다.

"좀 더 자세히 설명해 주시죠."

"노모 이라부의 아내가 한국 가수들을 좋아해요. 그것도 그냥 좋아하는 수준이 아니라… 광팬 수준으로."

"그 말씀은… 노모 이라부 대표가 협상 과정에서 어떤 결정을 내리는 데 그의 아내가 영향력을 미칠 수 있다는 뜻인가요?"

"네. 아까도 말씀드렸듯이 공처가니까요."

'이건… 생각지 못했던 접근법이네.'

내심 감탄하고 있을 때, 하선옥이 운전하는 차량이 이라부 레코드 사옥에 도착했다.

'생각보다 규모가 크네.'

이라부 레코드는 규모가 큰 음반 제작사는 아니었다.

규모 면에서는 간신히 20위 안에 들어가는 수준.

그렇지만 사옥은 내 예상보다 훨씬 크고 넓었다.

"가시죠."

"네."

로비로 들어선 하선옥이 통역 임무를 수행하기 시작했다.

안내 데스크에서 대화를 나누고 돌아온 하선옥이 말했다.

"바로 대표 이사실로 올라가면 된다고 하네요."

"알겠습니다."

엘리베이터를 타고 5층에 도착했다.

비서의 안내를 받아서 나와 하선옥은 대표 이사실로 들어 갔다.

"서진우 이사님이십니까?"

후덕해 보이는 인상의 소유자인 노모 이라부가 한국어로 질문했다.

무척 능숙한 한국어 구사 실력에 조금 놀랐지만, 난 내색하 지 않고 인사했다.

"네. JK미디어 이사 서진우입니다."

"만나서 반갑습니다."

"한국어 구사 실력이 수준급이라서 좀 놀랐습니다."

내가 새삼스러운 시선을 던지며 말하자, 노모 이라부가 사람 좋아 보이는 미소를 지은 채 대답했다.

"아내 덕분입니다. 아내가 한국 가수들을 워낙 좋아해서 같이 노래를 듣고 예능 프로그램들을 보다 보니 한국어가 자연스레 늘었네요."

'이 정도 수준이면 통역이 필요 없겠네.'

의사소통 과정에서 하선옥의 도움이 필요 없겠다는 생각이 들어서 내가 눈짓했다.

하선옥이 내 눈짓에 담긴 의미를 알아채고 고개를 끄덕인 순간, 노모 이라부 역시 내게 새삼스러운 시선을 던지며 입을 뗐다.

"솔직히 좀 놀랐습니다."

"왜 놀라셨습니까?"

"다른 대형 음반사들도 많은데… 이라부 레코드를 협상 파트너로 선택하셨기 때문입니다. 특별한 이유가 있습니까?"

'어떻게 대답할까?'

말이란 게 '아' 다르고 '어' 다른 법.

좋게 포장할 수도 있었지만, 난 포장을 포기하고 솔직하게 대답했다.

"일본 내 대형 음반 회사에서는 관심이 없다고 하더군요."

너무 솔직하게 대답한 탓에 놀란 걸까.

노모 이라부가 두 눈을 크게 뜬 채 놀라며 입을 뗐다.

"그럴 리가 없을 텐데요?"

"왜 그렇게 생각하십니까?"

"한국 가수들에 대한 일본인들의 관심이 높거든요. 특히 젊은 층들은 한국 가수들에게 열광하고 있습니다. 그러니 돈이 될 것이 분명한데… 관심이 없다는 것이 잘 이해가 가지 않습니다."

노모 이라부가 대답을 마친 순간, 내가 설명을 더했다.

"처음에는 관심이 있었습니다. 그런데 갑자기 관심이 식었죠."

"혹시 대형 음반사들의 관심이 식은 이유도 알고 계십니까?"

"누군가 손을 쓴 것 같습니다."

"방해하는 사람이 있다는 뜻입니까?"

"그렇습니다."

"그게 누군지도 알고 계십니까?"

물론 그 방해꾼이 누군지 난 알고 있다.

변종 회귀자 이토 겐지.

하지만 난 다른 대답을 꺼냈다.

"누군지는 저도 모릅니다. 다만… 한국 가수들의 일본 진출을 탐탁잖게 여기는 자라는 것 정도는 추측하고 있습니다."

"그렇군요."

내가 설명을 마친 순간, 노모 이라부가 표정을 굳혔다.

비록 그 방해꾼의 정체까지는 알지 못했지만, 일본 내 대형 음반 회사들의 결정에 영향을 미칠 수 있는 힘과 영향력을 가진 인물이란 것을 짐작했기 때문이었다.

'결정이 쉽지 않겠지.'

골몰히 고민에 잠긴 노모 이라부를 힐끗 살핀 내가 속으로 생각했다.

힘과 영향력을 갖고 있는 방해꾼과 척을 지는 것.

노모 이라부 입장에서도 분명 부담이 될 터였다.

그래서 쉽게 결정을 내리지 못하고 있는 노모 이라부에게 결정을 재촉하지 않고 기다리고 있을 때였다.

"조건만 맞다면 JK미디어와 손을 잡겠습니다."

노모 이라부가 결정을 내렸다.

'내 짐작보다… 빨리 답이 돌아왔네.'

내가 살짝 놀라며 노모 이라부에게 질문했다.

"JK미디어와 손을 잡는 것이 부담스럽지는 않으십니까?"

"부담이 되는 것은 사실입니다. 누군가를 적으로 돌려야 하니까요."

"그런데 왜 JK미디어와 손을 잡기로 결정하신 겁니까?"

"저는 사업하는 사람이니까요."

"……?"

"한국 가수들의 일본 진출이 성공을 거둘 확률이 높다고 확신하고 있습니다. 사업가라면 돈이 되는 일을 마다해서는 안 되죠."

"어떻게 성공을 확신하시는 겁니까?"

"제 아내 덕분입니다."

"아내분이요?"

"네. 제 아내가 한국 가수들을 무척 좋아합니다. 그리고 아내가 좋아하는 한국 가수들을 위해서 물심양면으로 지원하는 것을 곁에서 지켜보다 보니 성공 가능성이 높다는 확신이 생겼습니다."

'하선옥 씨 말이 맞았네.'

노모 이라부가 공처가이기 때문에 협상 파트너로 적임자라는 하선옥의 분석이 적중한 셈.

정확한 조언을 해 준 하선옥에게 새삼스러운 시선을 던지고 있을 때, 노모 이라부가 다시 말했다.

"그리고 한 가지 이유가 더 있습니다."

"어떤 이유입니까?"

"문화는 시공간을 초월해야 한다는 것이 제 신념입니다. 미국의 팝 음악이 일본에서 사랑받는 것, 국부를 유출하는 것이라고 말하는 사람도 일부 있지만, 제 생각은 다릅니다. 미국의 팝 음악이 일본에서 사랑받게 됨으로써 그만큼 일본의 문화에도 영향을 끼친다고 생각합니다. 그 팝 음악에서 영감과 자

극을 받은 일본 문화가 성장해서 언젠가는 미국에서도 사랑
받는 날이 올 것이라고 믿고요."

"……."

"비록 한국과 일본, 두 국가가 과거사로 인해 지금까지도 사
이가 좋지 않은 것은 부인할 수 없는 사실입니다. 그렇지만 최
소한 문화는 과거사에 발목이 잡히지 않았으면 하는 것이 제
가 가진 생각입니다. 양국의 문화 교류가 활발히 이어지면 더
발전할 수 있을 테니까요. 그리고 문화 교류가 활발해지다 보
면 양국 관계 개선에도 도움이 될 수 있을 거라고 믿고 있고
요."

열변을 토해 내는 노모 이라부에게 내가 새삼스러운 시선
을 던졌다.

일본이란 나라에 대한 감정이 좋지 않기 때문일까.

일본인들에 대한 어떤 선입견을 갖고 있었다.

그런데 노모 이라부는 일본인이기는 하지만 보기 드문 깨
어 있는 인물이었다.

"저 역시 양국의 문화 교류가 꼭 필요하다고 생각합니다."

내가 동조하자, 노모 이라부가 환하게 웃으며 말했다.

"그럼 더 망설이거나 지체할 필요가 없겠군요. 계약서를 쓰
시죠."

노모 이라부의 제안을 들은 내가 가방에서 미리 준비해 온
계약서를 꺼냈다.

JK미디어 법무 팀 천태범 변호사가 작성한 계약서 초안을 노모 이라부의 앞으로 내밀었다.

"한번 검토해 보시죠."

계약서를 준비해 오긴 했지만 어디까지나 초안.

계약서 수정이 가능했다

그리고 난 노모 이라부가 계약서 수정을 요구한다면 그 요구를 최대한 수용할 생각을 갖고 찾아와 있었다.

약간의 손해를 감수하는 한이 있더라도 한국 가수들의 일본 진출을 앞당기는 것이 급선무였기 때문이었다.

"이 정도면 적당한 조건이라고 생각합니다."

그렇지만 계약서를 검토한 노모 이라부는 계약서 수정을 요구하지 않았다.

"다만… 다른 조건이 있습니다. 아니, 부탁이라고 표현하는 게 더 맞겠군요."

노모 이라부는 대신 다른 부탁이 있다고 말했다.

"어떤 부탁입니까?"

"훗날 한국 가수들이 일본에서 활동하게 되면… 조선호 씨도 일본에서 공연을 할 것 아닙니까? 그때 저희 가족들과 함께 식사를 한 번 할 수 있는 자리를 마련해 주십시오."

행여나 무리한 요구를 하면 어떻게 대응해야 할지 걱정했는데.

노모 이라부가 어렵게 꺼낸 부탁은 들어주기 어려운 것이 아니었다.

"제가 책임지고 자리를 마련하겠습니다."

"감사합니다."

내가 흔쾌히 요구를 수락하자, 노모 이라부가 한층 밝아진 표정으로 감사 인사를 했다.

'어지간히 공처가인가 보네.'

그 반응을 확인하며 내가 속으로 생각했을 때, 노모 이라부가 미안한 표정을 지은 채 다시 입을 뗐다.

"조금 마음에 걸리는 것은⋯ 회사 규모가 큰 편이 아니라 홍보를 제대로 할 수 없다는 점입니다."

'자금난을 겪고 있다고 했었지.'

비록 노모 이라부가 공처가란 정보까지는 알아낼 수 없었지만, 이라부 레코드가 최근 자금난을 겪고 있다는 정보는 알아내고 찾아왔다.

그리고 노모 이라부가 먼저 이에 대해 언급한 순간, 난 기회를 놓치지 않고 입을 뗐다.

"그 부분은 제가 도움을 좀 드릴 수 있을 것 같습니다."

"어떻게 말입니까?"

"제가 따로 운영하는 투자 회사가 있습니다. 그 투자 회사를 통해서 이라부 레코드에 투자를 하겠습니다."

"정말입니까?"

반색하는 노모 이라부를 향해 내가 덧붙였다.

"지분 투자 방식으로 투자를 하고 싶은데… 가능할까요?"

"물론 가능합니다. 그런데… 얼마나 투자하실 생각입니까?"

"가능한 많은 자금을 투자하고 싶습니다."

"저야 양팔 벌려 환영이죠."

자금난에 오래 시달렸던 탓일까.

노모 이라부는 지분 투자를 환영하는 입장이었다.

'됐다.'

반색하는 노모 이라부를 보던 내가 속으로 쾌재를 불렀다.

직접 만나서 대화를 나눠 본 노모 이라부는 괜찮은 사람이었다.

하지만 만약의 사태를 대비하지 않을 수 없었다.

이토 겐지가 뒤늦게 이 사실을 알고 찾아와서 어떤 수작을 부릴지 모르는 상황.

그때는 노모 이라부의 생각이 또 바뀔 수 있었다.

하지만 내가 이라부 레코드의 지분을 확보해 둔 후라면 이토 겐지라고 하더라도 방해 공작을 하기 힘들었다.

"앞으로 잘 부탁드립니다."

노모 이라부가 내게 손을 내밀었다.

"오히려 제가 잘 부탁드립니다."

그의 손을 맞잡으며 내가 환하게 웃었다.

*　　　　　*　　　　　*

오다이바 호텔.

일본 출장 기간 동안 내가 머무는 숙소였다.

'나중에 수빈이와 함께 오면 좋아하겠네.'

온천 시설을 겸비한 넓은 수영장이 인상적인 오다이바 호텔을 둘러보던 내가 떠올린 것은 채수빈이었다.

"그럼 전 이만 가 볼게요. 내일 오전 열 시까지 오면 되죠?"

숙소까지 안내를 마친 하선옥이 물었다.

"여기 생맥주가 맛있다고 하던데 같이 한잔하실래요?"

"정말 그래도 돼요?"

"안 될 것도 없죠."

"호텔 안에 입점한 호프집이라 되게 비싼데……."

"오늘 밥값 이상은 충분히 하셨습니다."

"그럼 마실게요. 여기 꼭 한번 와 보고 싶었던 곳이거든요."

하선옥과 함께 야외 호프집으로 향했다.

우리는 먹음직스러워 보이는 모듬 꼬치구이와 생맥주를 시켜 마시기 시작했다.

"하선옥 씨는 꿈이 일본 음반 회사에서 일하는 거라고 하셨죠?"

"네, 맞습니다."

"그럼 한국에 들어올 생각은 없는 건가요?"

"제 꿈을 이루려면 한국에 들어가면 안 되죠."

"가족들이 보고 싶지는 않나요?"

"보고 싶죠. 그래도 어쩌겠어요. 참아야죠."

"만약 내가 취업 자리를 제의하면 어떻게 할 거예요?"

"취업… 자리요?"

"네."

"그건… 어떤 자리냐에 따라 달라지겠죠."

하선옥이 꺼낸 대답을 들은 내가 설명했다.

"아까 지켜봤으니까 JK미디어가 이라부 레코드와 협력 관계를 맺고 한국 가수들의 일본 진출을 준비하고 있다는 것을 알고 있죠?"

"네, 알고 있습니다."

"그래서 JK미디어에서 일본 쪽에 사무실을 하나 낼 거예요. 일본에 진출하는 한국 가수들의 일정 관리를 비롯한 마케팅 업무를 주로 맡을 거고요."

"그럼… JK미디어에서 일하라는 건가요?"

"그런 셈이죠."

'나쁘지 않은 제안!'

일본 음반 회사에서 일하는 것이 하선옥의 목표이긴 하지만, 취업이 보장된 것은 아니었다.

치열한 경쟁을 뚫어야만 입사할 수 있었다.

그리고 어렵게 입사한다고 해도, 자신이 원하는 마케팅 분야에서 일할 수 있을지도 확실치 않았다.

그런데 서진우의 말에 따르면 JK미디어가 세우는 일본 사무실에서 일하면 마케팅 업무를 맡을 수 있었다.

"아까 조선호 씨를 좋아한다고 했으니까 '킹 보이스 오브 코리아'라는 오디션 프로그램도 알고 있죠?"

그때 서진우가 질문했다.

"당연히 알고 있어요."

"'킹 보이스 오브 코리아' 수상자들의 일본 진출을 계획하고 있어요. 하선옥 씨가 마케터라면… 어떤 전략을 사용할 건가요?"

'뮤직비디오.'

'킹 보이스 오브 코리아' 수상자들에 대해서 생각하자 가장 먼저 뮤직비디오가 떠올랐다.

그들이 큰 인기를 얻게 된 계기가 뮤직비디오였고, 일본에서도 뮤직비디오가 알려지면서 노래와 가수들에게 관심을 갖기 시작했으니까.

'뮤직비디오가 답이야.'

빠르게 생각을 정리한 하선옥이 대답했다.

"이범주와 조선호, 성준경 씨가 한국에서는 큰 인기를 얻고 있지만, 일본에서는 인지도가 낮아요. 일본 사람들은 가수가 아니라 뮤직비디오만 기억하거든요. 그래서 세 가수가 단독으로 일본 시장을 뚫는 것은 쉽지 않고 시간이 많이 걸릴 거예요."

"가수의 힘만으로는 힘들다?"

"네."

"그럼 대안도 있나요?"

"제가 생각하는 대안은 뮤직비디오의 힘을 최대한 활용하는 거예요."

"좀 더 자세히 말해 볼래요?"

"뮤직비디오에 출연했던 배우들과 가수가 함께 일본에서 마케팅을 펼치는 거죠. 그럼 가수는 물론이고, 배우들도 함께 인지도를 쌓을 수 있는 효과가 날 거예요."

하선옥이 떠오르는 대로 대답한 순간, 서진우가 웃었다.

"내 눈이 틀리지 않았네요."

"네?"

"하선옥 씨에 대한 욕심이 생겼단 뜻입니다."

서진우가 덧붙였다.

"제가 어떻게 이른 나이에 JK미디어 이사가 됐는지 궁금하다고 했죠?"

"네."

"예전에 우연한 계기로 JK백화점 손진경 대표와 만나게 됐습니다. 아, 그때는 동화백화점 대표였군요. 어쨌든 당시에 손진경 대표는 내게 동화백화점에서 일해 보지 않겠냐고 제안했습니다."

"그럼 그 제안을 수락한 덕분에 JK미디어 이사 직책까지 오르시게 된 건가요?"

"아니요. 만약 그때 손진경 대표의 제안을 받아들였다면 저는 지금까지 백화점 직원으로 남아 있었을 겁니다. 저는 당시 손진경 대표가 했던 제안을 거절했습니다. 부속품이 되기 싫었거든요."

'부속품!'

방금 서진우가 언급한 부속품이란 표현이 하선옥의 마음을 무겁게 짓눌렀다.

'만약 치열한 경쟁을 뚫고 일본 음반 회사에 입사하는 데 성공한다 해도 위에서 시키는 일만 하다가 내 커리어가 끝나는 것이 아닐까?'

항상 걱정하는 부분 중 하나였기 때문이었다.

"그래서 저는 손진경 대표에게 동업을 제안했습니다."

"동업… 이요?"

"제 꿈 중 하나는 음반 회사를 설립하는 것이었거든요. 한국 시장을 넘어 세계 시장에서도 통할 수 있는 가수들을 발굴하고 성공시키고 싶었죠. 그게 JK미디어의 시작이었습니다."

"아!"

"동화백화점 손진경 대표는 당시 사업 확장을 모색하고 있었고, 저는 비전은 있었지만 자금이 없었습니다. 그런데 마침 서로 필요로 하는 바가 맞아떨어져서 JK미디어를 설립하게 된 거죠. 그리고 덕분에 부속품이 아니라 이사 직함을 달고 제가 하고 싶은 것을 마음껏 할 수 있게 됐죠."

JK미디어의 설립 비화에 대해서 듣게 된 하선옥이 서진우에게 부러운 시선을 던졌다.

젊은 나이에 이사라는 직함을 단 것도 부러웠지만, 그가 위에서 시키는 대로 일하는 게 아니라 본인이 일을 주도한다는 것이 부러웠다.

"팀장이 어떨까요?"

그때 서진우가 불쑥 질문했다.

"네?"

"하선옥 씨의 직책 말입니다."

"……?"

"팀장 직책과 함께 일본에서의 마케팅에 대해 결정할 수 있는 권한을 드릴 계획인데. 이 정도면 만족하십니까?"

너무 갑작스러운 제안.

그래서 당혹스러움을 느낀 하선옥이 입을 뗐다.

"저는 아직 이력서도 제출하지 않았는데……."

"이력서는 필요 없습니다. 방금 면접에 통과했으니까요."

"네?"

"아까 제가 드렸던 질문이 면접 질문이었습니다. 그리고 하선옥 씨가 꺼냈던 대답이 무척 만족스러웠습니다."

'그게… 면접 질문이었다고?'

서진우가 갑자기 던졌던 질문이 면접 질문이었다는 사실을 뒤늦게 깨달은 하선옥이 두 눈을 깜박였다.

'이게… 무슨 일이야?'

그냥 아르바이트로 여기고 시작한 서진우의 통역 및 가이드 업무였는데.

이 아르바이트를 한 덕분에 자신의 인생이 백팔십도 달라질 수도 있다는 것을 본능적으로 깨달은 하선옥이 마른침을 꿀꺽 삼킨 후 질문했다.

"만약 제가 원하기만 하면… 정말 JK미디어 일본 사무실에서 팀장으로 일할 수 있는 건가요?"

"네."

"어떻게……?"

"제가 그 정도 권한은 갖고 있습니다."

'농담이 아냐!'

서진우의 표정은 진지했다.

그래서 농담을 하는 게 아니라고 확신한 하선옥이 다른 질문을 던졌다.

"제가… 잘할 수 있을까요?"

"그건 제가 답을 드릴 수 없는 질문 같군요."

"……?"

"그 질문에 대한 답은 하선옥 씨가 찾아야 하니까요."

'맞는 말이네.'

결국 이 질문에 대한 답을 할 수 있는 것은 자신뿐이었다.

"다만… 저는 확신을 갖고 있습니다."

"어떤 확신이요."

"하선옥 씨가 잘할 수 있을 거란 확신이요."

"말씀만이라도 감사합니다."

"시간을 좀 드릴 테니 고민해 보세요."

"알겠습니다."

하선옥이 상기된 얼굴로 맥주를 마시며 속으로 생각했다.

'이건… 다시 찾아오지 않을 좋은 기회가 아닐까?'

* * *

'슬슬 일어나야겠네.'

하선옥은 고민해 보겠다고 대답한 후 먼저 떠났다.

"결국 수락할 거야."

하지만 난 그녀의 고민이 길지 않을 것이라고 확신할 수 있었다.

이것이 인생에서 세 번 찾아온다는 기회 중 하나란 사실을 곧 깨달을 것이기 때문이었다.

'보람찬 출장이었네.'

원래 계획했던 것을 다 얻은 상황.

덤으로 하선옥이란 인재도 만났으니 기대 이상의 결과를 낸 셈이었다.

그런 생각을 하며 내가 남은 생맥주를 비우고 막 일어나려고 했을 때였다.

직원이 새 안주와 생맥주 한 잔을 탁자에 내려놓았다.

"난 주문한 적 없습니다."

내가 뭔가 착오가 있는 것 같다고 말한 순간, 직원이 대답했다.

"다른 손님이 계산하셨습니다."

"누가……?"

"내가 했습니다. 서진우 씨, 오랜만이네요."

불청객이 찾아왔다.

그 불청객의 정체는 이토 겐지.

이토 겐지가 찾아온 것을 발견한 내가 물었다.

"제가 일본에 출장 온 건 어떻게 아셨습니까?"

"출입국 관리소에 확인해 봤습니다. 다행히 아직 출국 전이더군요. 그래서 한 번 만나기 위해서 찾아왔습니다."

"그럼 제가 오다이바 호텔에 머문다는 건 어떻게 알아냈습니까?"

"여기는 일본이니까요."

"……?"

"제가 알아내려고 마음먹으면 알아내지 못할 것은 없습니다."

'똥개도 자기 동네에서는 절반은 먹고 들어간다는 뜻인가?'

내가 속으로 생각하면서 자리를 권했다.

"생맥주 한잔하시겠습니까?"

"맥주 말고 물을 마시겠습니다."

"그럼 그렇게 하시죠."

이토 겐지가 맞은편에 앉은 순간 내가 입을 뗐다.

"제가 일본에 방문한 이유도 이미 알고 계시겠군요."

"노모 이라부를 만났다는 것은 알고 있습니다."

'역시… 알고 있었네.'

아까 했던 말은 빈말이 아니었다.

노모 이라부를 만난 지 하루밖에 지나지 않은 상황이었다.

그런데 벌써 내가 이라부 레코드 대표인 노모 이라부를 만났다는 사실을 이토 겐지는 이미 알고 있었다.

'그럼 계약서를 작성했다는 것도 알고 있을 확률이 높겠네.'

내가 생각을 정리한 후 이토 겐지에게 질문했다.

"어떻게 막았습니까?"

"뭘 묻는 겁니까?"

"보안이의 일본 진출을 당신이 막았지 않습니까? 일본 음반 회사들의 마음을 바꾼 방법을 물은 겁니다."

"그걸 묻는 것이었군요."

이토 겐지가 물을 한 모금 마신 후 대수롭지 않게 덧붙였다.

"누구나 욕심은 있으니까요."

"원하는 것을 줬다는 뜻입니까?"

"사람이라면 약점도 있죠."

'회유와 협박!'

내가 짐작했던 대로였다.

이토 겐지는 회유와 협박을 통해서 일본 내 대형 음반 회사 대표들의 마음을 돌렸다고 순순히 대답했다.

"그럼… 이번에도 막을 겁니까?"

"노모 이라부 씨는 무능합니다."

"……?"

"그게 유일한 약점이었죠. 그래서 이라부 레코드는 심각한 자금난을 겪었던 것이고요. 그런데 지금은 자금줄에 여유가 생겼더군요."

"약점이 사라졌기 때문에 막지 못한다?"

"그건 아닙니다. 탈탈 털어서 먼지 나지 않는 사람은 없으니까요. 그런데… 그렇게 하지 않기로 했습니다."

"왜죠?"

"너무 늦었으니까요."

이토 겐지가 담담한 시선을 던지며 고백했다.

"방심해서 허를 찔렸습니다."

"……."

"다음에는 방심하지 않을 겁니다."

그 말을 끝으로 이토 겐지가 일어섰다.

"이게 끝입니까?"

"일단은요."

이토 겐지가 싱긋 웃으며 덧붙였다.

"기왕 일본에 찾아오셨으니 좋은 시간 보내시길 바랍니다."

$$* \qquad * \qquad *$$

이토 겐지는 새 안주를 주문해 주고 떠났지만, 난 입에도 대지 않은 채 바로 객실로 돌아왔다.

'불안해!'

정확한 이유까지는 몰라도 불안감이 깃들었다.

'일단은, 이라.'

그런 내가 이게 끝이냐는 질문에 이토 겐지가 꺼냈던 대답을 곱씹었다.

잠시 후, 내가 떠올린 것은 심대평의 얼굴이었다.

'날… 죽이려고 했었어.'

정면 대결로는 날 이기는 것이 불가능하다고 판단했기 때문일까.

심대평은 교통사고로 위장해서 날 죽이려는 시도를 했었다.

당시의 기억이 떠오른 순간, 내가 표정을 굳혔다.

이토 겐지의 목표는 조보안을 비롯한 한국 가수들의 일본 진출을 막는 것.

그렇지만 나로 인해서 그 목표를 달성하는 데 실패했다.

이토 겐지 입장에서 난 위협적인 존재.

그가 심대평처럼 날 제거하려 들지도 모른다는 생각이 퍼뜩 들었다.

"너무 간 게… 아닐까?"

잠시 후 내가 고개를 가로저었다.

지금 머물고 있는 오다이바 호텔은 오성급 호텔이었다. 그리고 난 내일 아침 날이 밝으면 바로 한국으로 돌아갈 예정이었다.

그러니 이토 겐지가 날 해칠 시도를 할 수 있는 시간과 기회가 없었다.

그래서 난 상념을 털어 버리고 침대로 향했다.

TV를 틀어 놓고 잠들었던 내가 다시 눈을 떴을 때는 새벽이었다.

'새벽 세 시!'

시간을 확인한 내가 다시 잠을 청하려다가 몸을 일으켰다.

'왜… TV가 꺼졌지?'

『회귀자와 함께 살아가는 법』 11권에 계속…